7 robes et Lila



**ISBN**
978-2-9556570-1-0

# 7 robes et Lila

# LA PREMIÈRE ROBE :

# LA ROBE JAUNE

# 7 robes et Lila

## 1

La première robe est celle que portait sa mère lors d'un dîner à la maison. Une longue robe jaune pâle, en voile de soie, entièrement brodée de perles ton sur ton, une robe empire, dira sa mère en l'essayant sous les yeux ébahis de sa petite fille qui la regardait se préparer.
Ce soir-là, Lila est dans la chambre de sa mère, allongée sur le lit. Flotte dans la chambre l'odeur persistante d'un parfum de luxe. Un jour, pour son anniversaire, le père de Lila a offert à sa femme un flacon de parfum de deux litres, une bouteille géante de Calèche, un parfum Hermès capiteux et vert qui trône sur la coiffeuse. Les notes presque acides de fleurs coupées embaument la pièce, conférant à la chambre de Violette une odeur de mort fleurie.
Lila ne sait pas si elle aime les parfums ou si elle les déteste. Mais les parfums accompagnent la vie de sa mère qui, elle, ne conçoit pas l'existence sans eux. Sa mère adore tout objet empreint d'un luxe certain. On penserait qu'elle a vécu sa vie dedans, mais elle est née dans une modeste famille d'agriculteurs. Ses années d'enfance, passées dans un milieu simple, presque pauvre, l'ont amenée à détester la simplicité et à fuir toute marque de pauvreté. Violette cultive le kitch et le superficiel, comme une marque de fabrique, une

philosophie. Comme d'autres le sacerdoce, elle voue à faire de sa vie une fête constante. Cultivant les relations sociales lors des dîners mondains, les verres au Club de tennis après un match et les apéros trop arrosés chez les maris très aisés de ses copines.
Ce soir-là, Violette sort de la douche, dans la salle de bain contiguë à sa chambre, enroulée dans une grande serviette rose. Petite, elle ne mesure pas plus d'un mètre cinquante-cinq, elle est vive, gaie et légère. Très bien proportionnée, elle s'enorgueillit de sa taille fine, de ses jambes nerveuses et racées, de sa poitrine généreuse qu'elle fait pigeonner par des soutien-gorge Wonderbra que Lila rêve de porter et n'ose pas toucher.
La nuit, Lila rêve des dessous de sa mère. Elle rêve qu'elle les dérobe et les porte. Des soutien-gorge à balconnets en satin noir, avec des incrustations crème ou rose pâle dont la douceur rappelle le grain satiné de sa peau. Loin des culottes Petit Bateau, en coton blanc ou bleu pâle, que porte l'enfant.
Pour Lila, le monde de sa mère s'incarne tout entier dans son parfum, ses robes et ses sous-vêtements. Lors de son entrée dans la chambre, Lila se jette souvent dans les bras de son père qui la couvre de baisers. Mais jamais, il n'a pour Lila ce geste particulier, totalement réservé à sa femme : lui flatter les fesses en riant, s'assurant de leur rondeur comme s'il n'en revenait pas de leur

rotondité. Lorsque Violette s'assoit sur les genoux de son mari, il enfouit son nez dans son cou et, dans un geste de possession adorée, l'appelle « Belle-Assise ». Il a donné ce nom à une cuvée prestige particulièrement généreuse de l'année 1995, année prolifique qui a produit un vin au parfum boisé et riche en tanin. Il dit que c'est à cause de son nom que celle-ci a réalisé d'excellents bénéfices. Lequel, associé au derrière de sa femme, lui a porté chance ! Lila trouve qu'il caresse Violette comme son professeur d'équitation caresse ses juments. La jeune femme énamourée, s'enroule contre lui, se retourne, et il l'enlace amoureusement. Lila, comme toujours, se détourne, gênée des manifestations amoureuses de ses parents devant ses yeux. Elle voudrait qu'ils soient des anges, et les anges ne s'embrassent jamais.

Sa mère a 29 ans, elle est mariée à David, jeune propriétaire héritier d'un domaine viticole, de sept ans son aîné. Lila a sept ans et son frère Justin est son jumeau. Lila voue une adoration sans borne, à cette mère fantasque et attirante qui joue à vivre et à aimer, et pratique la séduction comme un art de vivre. Violette dédie sa vie à l'amour. Elle multiplie les histoires d'amour, en rêve et en réalité, sans imaginer une seule seconde que cela puisse poser un quelconque problème à ses proches. Elle aime comme on vit, vite et intensément, comme si chaque instant devait être le dernier. A chaque amant, une pièce différente, un menu différent, un plat et un vin différents, il suffit que personne ne s'en aperçoive. Pour cela, quoi de mieux que de jouer la pièce devant son public, dans un équilibre fragile et périlleux qu'elle s'ingénie à recréer jour après jour.

Lila est une enfant docile et silencieuse qui observe de ses grands yeux noirs les scènes familiales. Maigre comme un jeune poulain, elle est extrêmement douée pour le sport et les études. Rousse, elle tire avantage de sa peau de lait qui devient dorée en été, non sans avoir au préalable attrapé de sérieux coups de soleil. Elle a hérité de la peau claire de Violette, raison pour laquelle elle s'obstine à devenir le plus dorée possible, au mépris des règles de prudence que tente de lui inculquer sa mère.

À l'école, elle a appris à lire en un mois, sans aucun effort, comme si les lettres étaient déjà là, avant, dans son esprit, attendant d'être découvertes. Sa maîtresse préférée, qui est aussi la meilleure amie de sa grand-mère, lui a montré le code et, comme une évidence, Lila a appris à lire en quelques jours.

Violette dépose souvent Lila et Justin chez leurs grands-parents. Ceux-ci habitent une grande maison située à deux pas de la maison familiale. Une grande bâtisse aux volets verts, dont le lierre a envahi toute la façade., planté sur un grand jardin arboré. Lila et Justin en ont fait leur royaume. Ils passent des heures à disparaitre dans cette jungle verte et odorante, peuplée de roses et de jasmin,

dont l'odeur entêtante, embaume leurs jeux. Violette laisse quotidiennement ses enfants aux bons soins de sa mère et vaque à ses occupations mondaines et indispensables.
L'après-midi précédent, Lila est dans sa chambre avec son chien. Elle lit et mange du chocolat. Elle se gave de chocolats fourrés aux fruits. Elle achète à la boulangerie du quartier, où sa mère a un compte, des barres de chocolat noir fourrées framboise, citron, vanille, pistache, fraise et orange. Chaque barre est emballée dans un papier à la couleur du fruit. Lila mange ses préférés d'abord et garde pour la fin ceux à l'orange qu'elle n'aime pas. Son chien, Pédro, couché à ses pieds, engloutit les petits morceaux que lui donne sa maîtresse. Lila s'ennuie.
Elle se lève et va furtivement dans la chambre de sa mère. Celle-ci se trouve sur le devant de la maison, à l'endroit exact où était l'ancien bureau de son père avant qu'il ne déménage son activité professionnelle et n'installe son bureau dans l'exploitation même.
David, au début de son mariage, exerçait son activité commerciale à domicile, dans la maison adossée au château de production du vin et qui servait également de surface commerciale pour les commandes et les livraisons. Lila adorait le défilé des clients, les après-midis, quand il recevait les clients venus chercher leurs commandes. Aujourd'hui, il dispose d'un bureau et de locaux dédiés à son activité de distribution de vin. La

maison, partie privée du château, est silencieuse sans les coups de sonnette et les allées et venues des clients.
Lila se dirige vers la chambre vide de sa mère, absente comme chaque après-midi. Elle écarte le rideau et regarde la route qui serpente devant la maison. C'est une petite route départementale sinueuse, passante et dangereuse, ne laissant aucune visibilité. Au carrefour proche de la maison, un cavalier et sa monture traversent la route. Soudain, une fourgonnette lancée à vive allure débouche et les percute de plein fouet. L'animal s'effondre, le cavalier, désarçonné, roule à plusieurs mètres et, allongé sur le sol, ne bouge pas.
Tétanisée, Lila voit l'animal immobile sur la route perdre du sang. Les voitures s'arrêtent et font cercle autour de l'accident. Le cavalier est emmené rapidement au cabinet du médecin voisin d'où les secours ne tardent pas à l'emporter à l'hôpital. Lila entend les sirènes des véhicules des pompiers et des ambulances ainsi que de police-secours. Adèle, intendante et employée de maison chez eux, se précipite sur place pour aider. Comme dans un rêve, Lila descend, sort de la maison, traverse le carrefour et s'accroupit à côté de l'animal, en train de se vider de son sang sur la chaussée. Elle regarde la bête, passe ses mains sur l'encolure, caresse le pelage doux de l'animal qui peu à peu rougit de son sang. Elle cherche l'origine du léger filet qui tâche la belle robe marron lustrée. Elle

trouve un petit trou à la jugulaire. Le sang s'écoule par spasmes. Lila place son doigt sur le trou, mais il continue de s'écouler entre ses doigts, tâchant de rouge son poignet puis son avant-bras et enfin, sa robe blanche qui se colore peu à peu du sang du cheval. Un homme à la voix bourrue dit :
— Mieux vaudrait l'abattre, il souffrirait moins ; quand ils ont les membres cassés, on ne peut rien faire, il faut appeler le véto !
Lila enlace le cheval qui tente de se relever mais n'y parvient pas. Elle plonge son regard dans celui de la bête que la vie déserte. Au fond des yeux de l'animal, elle voit danser des morceaux de charbon, perdus dans ses prunelles inquiètes. La belle tête tente de relever un corps lourd, l'animal force sur l'encolure mais n'y parvient pas. Quelques soubresauts, il balance sa tête, et d'un effort surhumain, se redresse flageolant sur ses jambes. Lila le lâche et reste là, les bras ballants, sa robe blanche tâchée de rouge.
Le cheval baisse la tête et vacille. Il trébuche et manque tomber. Lila s'approche et l'embrasse. Elle reste près de lui, les bras passés autour de son cou, tentant de le réchauffer, comme si sa présence pouvait lui insuffler la vie. Elle refuse de le quitter, sans prêter attention au sang qui lui macule les mains et lui donne l'air d'un indien prêt au combat.
David arrive à son tour sur les lieux. Il a toutes les peines du monde à dénouer les bras de sa fille et à la détacher du cou de l'animal. Il décroche Lila de

sa prise, prend sa petite fille en larmes dans ses bras et la ramène à la maison. Adèle, qui aide aussi à l'accueil des clients et au chai, tente de raisonner la fillette qui se débat et veut retourner près du cheval pour le consoler et le sauver.

— Non, non, je veux rester avec lui !

— Mais Lila, le vétérinaire va l'emporter dans un van, l'emmener à la clinique et le soigner

Lila secoue la tête et, inconsolable, court se réfugier dans sa chambre en pleurant.

Seul Pédro lui offre le réconfort dont elle a besoin. Lila, habituée à la solitude, se mure dans de grands moments de silence dont personne ne peut la faire sortir et dont seules les ombres de sa chambre connaissent le fond. David hausse les sourcils et regarde Adèle en soulevant les épaules. Il connaît l'hypersensibilité de Lila envers les animaux.

— Elle a cru qu'il allait mourir.

— Mouais ! D'ailleurs, on ne sait pas.

— Oui, ben vaudrait mieux qu'elle ne sache rien de toute façon.

— Je vais lui porter un chocolat chaud, peut-être que ça lui fera du bien.

— Savez-vous où est sa mère ?

— Oh, elle ne devrait pas tarder à rentrer !

David achève à peine ces mots que Violette tourne la clé dans la serrure. Un vent d'air frais et un parfum fleuri l'accompagnent. Il n'a pas le temps de raconter l'accident du cheval que Lila se précipite et commence à en détailler le récit à sa mère.

## 2

Lila se précipite vers sa mère, se suspend à son cou et entourant sa jambe de ses bras, lui raconte le drame qui s'est joué dans la journée :

— Maman, Maman ! J'ai vu un accident avec un cheval, il est mort, il a eu un accident, son cavalier est tombé et le cheval, il est mort !

— Comment ça il est mort ? Comme ça, d'un coup ? Qu'est-ce que tu racontes, qu'est-ce qui s'est passé, et pourquoi as-tu vu ça ? Tu étais où, toi, et ton père il était où, et Adèle ?

— Une voiture les a renversés et le cheval est mort, j'étais dans la maison, euh, dans ta chambre !

— Ah ! Et que faisais-tu dans ma chambre, tu sais bien que tu n'as pas le droit d'y être quand je suis absente ! Comment as-tu pu voir ça, que faisait Adèle ? Elle aurait dû te surveiller davantage et ton père, il faisait quoi ? il suffit que je m'absente pour qu'il y ait un drame !

— Oui, je suis triste, j'ai pleuré, et j'ai plein de sang sur ma robe !

— Ah ! Et tu as donné ta robe à Adèle ?

— Oui... Euh... Non ! Elle est dans ma chambre..., mais... Maman, tu crois que l'âme du cheval est montée au ciel, avec les anges, tu crois que les anges ils montent à cheval ?

— Je ne sais pas ma chérie, mais il n'est peut-être pas mort le cheval.

# 7 robes et Lila

— Oui mais moi, je suis sûre que les chevaux vont au paradis avec les anges, comme les hommes, comme mon hamster !

Violette ne répond pas et se dirige vers sa chambre pour prendre un bain et se préparer à recevoir leurs amis à dîner. Lila, juchée en haut de l'escalier de marbre, joue à jeter ses poupées de haut en bas jusqu'à ce qu'Adèle, agacée, lui demande de quitter les lieux :

— Sors de là ma petite, les invités vont arriver, tu vas gêner le service, je ne veux pas t'avoir dans les pattes. Allez, file !

Pour toute réponse, Lila tire la langue dans le dos d'Adèle et recule légèrement en emportant ses poupées dans sa chambre. Elle les lance aux quatre coins et pleure de rage et de chagrin. Au bout d'un moment, elle se dirige vers la chambre de sa mère, et s'y glisse en silence. Violette, surprise, prévient une nouvelle fois sa fille :

— Lila, ma chérie, combien de fois t'ai-je dit de ne pas entrer sans frapper ? Tu m'as fait peur à entrer comme ça sans crier gare !

Lila regarde sa mère, nue sous la serviette, sans rien dire. Violette, soupire.

— Bien, tu as encore décidé de ne pas parler, viens par ici ! Violette enlace sa petite fille, la cajole, puis dit l'éloignant d'elle :

— Allez, ouste ! Il faut que je me prépare, laisse-moi m'habiller.

—Oh non ! je veux te regarder t'habiller, ta robe, elle est si belle !

# 7 robes et Lila

La robe jaune est posée sur le fauteuil à côté du lit. Moirée, elle luit dans les feux du soleil couchant, prenant vie sous les derniers rayons orangé. Lila, fascinée, s'approche du tissu et laisse courir ses doigts sur les plis amples et souples. L'étoffe est douce, rugueuse aux endroits où la soie accroche la lumière. La robe est taillée en biais dans une soie sauvage d'un imprimé, jaune pâle, entièrement brodée, ton sur ton, doublée d'un fourreau de soie d'une nuance plus claire. Elle s'ajuste à la poitrine dans un drapé près du corps, très simple comme une combinaison qui épouse les mouvements et laisse la robe flotter légèrement.
Elle se termine par des franges à la cheville, d'un jaune safran, plus soutenu, qui rappelle le fond plus pâle de l'imprimé, de la robe.
L'ensemble, à la fois simple et très travaillé, confère à celle qui la porte l'allure rétro des toilettes des années folles, période que Violette adore.
Lila regarde sa mère enfiler la robe et reste bouche bée devant une telle beauté. Le jaune velouté rehausse le teint pâle de Violette, ses cheveux d'un blond vénitien presque roux, ses yeux noisette, se fondent dans le coloris discret qui épouse souplement les courbes d'un corps petit mais très bien proportionné. Violette tourne sur elle-même, se drape dans la soie et applaudit devant la silhouette que lui renvoie le miroir. Elle se hausse sur la pointe des pieds et rit de l'air ahuri de sa petite fille.
— Eh bien, tu as vu une apparition, ma chérie ?

# 7 robes et Lila

— C'est quoi une a... pa... ri... tion ?
—Ah ! Ah ! Ah ! une apparition, ma chérie, c'est...c'est...heu... un fantôme... un ange ou la sainte vierge !
Elle chausse les escarpins grèges qui terminent la toilette, accroche adroitement une voilette à un peigne qu'elle fiche dans ses cheveux. Puis, saisissant la bouteille de parfum de ses doigts aux ongles manucurés de rouge, elle vaporise son décolleté. L'odeur entêtante du parfum aux senteurs vertes et fleuries envahit la chambre et enveloppe la toilette de la fragrance âpre des tiges coupées.
— Parfait, c'est parfait, hein ma chérie, qu'en penses-tu ?
Lila regarde sa mère, hoche la tête, hausse les sourcils, fait une moue d'admiration et, sans répondre, tourne les talons, dépassée par tant d'application pour la toilette d'un soir. Elle se jure de jamais être comme ça ! Elle préfère courir dans les chemins, dévaler les pentes des sous-bois, se griffer aux ronces pour cueillir les mûres et emmener Pédro sur les sentiers boueux, à la poursuite des écureuils, des lapins ou des chats. Elle se sent mal à l'aise dans l'univers glamour et kitch de sa mère et de ses soirées. Elle préfère la maison pleine de courants d'air, de toiles d'araignées et d'odeurs d'automne de sa grand-mère. Lila ne s'intéresse aucunement à ses tenues et refuse de porter autre chose que des jeans usés,

des tee-shirts troués et des baskets sales et sans lacets.
Elle descend près des fourneaux sur lesquels mijote une sauce couleur de rouille, tente de chaparder un peu de nourriture. Adèle la chasse de la cuisine. Lila disparaît dans la petite remise contiguë où se trouvent, posés sur le buffet, les fromages et les desserts. Lila adore le fromage. Elle ne résiste pas à croquer un morceau de roquefort dont le goût salé et âcre envahit ses papilles et explose avec force dans sa bouche. Elle fait une grimace et repousse le plat, non sans laisser une trace caractéristique de morsure où manquent deux dents de devant ! Le plat de fromages artistement disposés entre des noix et des grappes de raisin conserve la marque de son grignotage de souris.
Ravie, Lila tire la langue à un invité imaginaire, remonte l'escalier l'amenant devant sa chambre et, ignorant tout bonnement les remarques d'Adèle, reprend le jeu avec ses poupées qui atterrissent aux pieds des invités.

## 3

La table carrée emplit toute la petite salle à manger, et les convives doivent se serrer autour.
Ils sont huit, quatre couples, mais depuis sa cachette, elle ne distingue que des fragments de la scène. La robe de Mado, d'un rouge franc rehaussé de broderies noires, affichant des arabesques et des dessins d'oiseaux exotiques, est magnifique. Lila a l'impression que les hérons gracieux dessinés d'un léger trait de plume vont s'envoler de l'imprimé pour venir lui raconter les secrets de ce corps léger dont les jambes un peu fortes trahissent les origines montagnardes. Lila n'aime pas Mado qui empeste la naphtaline dont elle parfume les robes entreposées dans sa boutique, de peur de les voir dévorées par les mites. Mado dont l'haleine pâteuse et chargée trahit un certain goût pour la bonne chère et le bon vin. Mado adore les enfants et ne rate jamais une occasion d'embrasser Lila, qui frotte sa joue, en cachette, pour effacer toute trace du baiser.
Raphaël est placé à côté de sa mère. Lila risque un coup d'œil et surprend le regard de connivence échangé entre eux. David, son père, se tient près du buffet situé au fond de la pièce, tourne le dos aux convives, occupé à ouvrir une bouteille de Bordeaux dont l'arôme riche et boisé se répand dans la pièce dès que le toc du tire-bouchon s'est fait entendre.

David, ravi, se retourne et fait face à l'assistance, interrompant l'échange entre sa femme et Raphaël, stoppant net la main qui glisse vers le genou recouvert de soie jaune.

Il regagne sa place entre Mado et Sonia et se penche pour leur servir à boire. Lui-même tente de se raisonner ; attiré par la boisson, il sait qu'il a du mal à se contrôler, en soirée notamment. Alors, il parle d'un foie fragile malmené par les déjeuners d'affaires avec ses clients et la nécessité de faire attention. Il goûte les vins précieux qu'il distribue à profusion, semblant tirer davantage de plaisir de la dégustation que ses convives font des nectars capiteux que de sa consommation propre.

Le plaisir de recevoir s'empreint d'une subtile et légère emprise qui s'affirme au gré de la griserie de ses convives. David reste sobre, au début tout au moins. Il encourage ses invités à s'adonner aux délices des excès de boisson, étant donné la qualité des vins servis. Mado, au milieu du repas, tient des propos excessifs sur la bonne fortune de son mari, heureux héritier d'une famille de négociants bordelais depuis plusieurs générations. Mado qui agace Violette par son bavardage incessant et ses éclats de rire haut perchés.

Lila voit son père entrer et sortir de son champ de vision au fur et à mesure qu'il remplit les verres.

Mado exerce le métier de couturière. Elle est réputée pour ses doigts de fée et son habileté à concevoir et copier les modèles des plus grands

couturiers. Son salon d'essayage bruisse des commérages de la ville.
Violette est une habituée du petit salon d'essayage, mais elle n'est pas encore allée la consulter pour copier la robe jaune et elle ronge son frein, attendant que le planning chargé de Mado lui libère une place. David se lève à nouveau pour mettre une nouvelle bouteille du précieux nectar à décanter. Il passe dans la pièce où se cache Lila sans remarquer la présence de la petite fille qui se dissimule derrière le tas de bois stocké là pour alimenter la cheminée en hiver. Lila se fait toute petite, seul son chien Pédro, qui d'habitude l'accompagne dans ses pérégrinations, aurait pu la faire découvrir, mais il dort dans son panier, à la cuisine, attendant que les restes du festin lui soient distribués. David frôle l'enfant qui ferme les yeux et hume le parfum poivré et sucré de l'eau de toilette de son père. Le smoking accroche une bûche, David se penche pour le décrocher, Lila garde les yeux fermés, retenant sa respiration, priant pour devenir invisible. Elle devient une indienne, comme dans le film La Forêt d'Émeraude que Violette l'a emmenée voir au cinéma. Elle joue à être invisible. Les grandes personnes trop occupées à leurs affaires quotidiennes passent sans voir les enfants. La chevalière en or de son père balaye l'air à quelques centimètres de sa tête. David, la tête penchée de concentration, verse le vin dans une carafe en cristal gravée aux armoiries de la famille.

Il passe son chemin sans la voir. Lila sourit, tout au plaisir de devenir indienne et invisible.
Quand il réapparaît dans la salle à manger, ils ont fini les entrées et Adèle apporte les viandes. Les conversations vont bon train. Le ton monte au fur et à mesure. David et Violette lancent les sujets, prennent soin de leurs convives, veillent à ce que chacun s'exprime. Le repas tire à sa fin, les invités se détendent. Adèle apporte les fromages. Un silence accueille le roquefort qui, au centre du plateau, étale la trace des deux dents écartées de l'enfant. Violette et ses invités éclatent de rire tandis que la maîtresse de maison se lève pour couper le petit bout mordu. Mado, ivre, se penche vers David et manque de rouler sous la table en éclatant d'un rire trop haut aigu. Violette fait les gros yeux à son mari, lui chuchotant l'ordre de ne plus lui resservir de vin.
Mais les fromages sont sur la table et David qui n'en mange pas fait passer le plat :
— Pas de repas sans fromage, mesdames, il faut un bon vin pour accompagner cela. Que dites-vous de ce château Bellegrave 1975, vous m'en direz des nouvelles !
Violette fronce les sourcils, tentant d'arrêter son mari qui lève la bouteille, hors d'atteinte de sa femme. Raphaël se lève et, repoussant la table :
— Et si nous dansions, histoire de digérer un peu avant le dessert ? Joignant le geste à la parole, il s'incline vers leur hôtesse :

— Madame, voudriez-vous m'accorder cette danse ?
—Excellente idée, dansons !
Violette enclenche la playlist de l'ordinateur. Les premières notes de Satisfaction et le timbre rauque et provocateur de Mick Jaeger envahissent la pièce.
Violette, ravie, le rose aux joues, accepte de bonne grâce l'invitation. Interrompant ainsi le repas trop arrosé, elle donne le signal des rocks. Les autres convives font cercle et laissent au couple une piste improvisée. Pierre, s'improvisant DJ, modifie les enchaînements. Indochine, avec J'ai demandé à la lune, démarre, suivi des notes entraînantes de Mikael Jackson, Black and White. Shakira et son déhanché, puis, la chanson inattendue des Brastisla Boys Stach Stach achèvent de lancer définitivement la soirée. Oasis et U2 viennent ensuite, sur lesquels les derniers réfractaires entrent dans la danse. Tous se mettent à osciller en rythme et suivre les danseurs les plus téméraires. Chacun s'amuse et s'en donne à cœur joie, heureux de se dégourdir les jambes. Pendant un bon moment, les morceaux se succèdent et la piste ne désemplit pas. Peu à peu, les groupes se forment, les bras se lèvent, le niveau sonore monte et tout le monde reprend les refrains en hurlant.
On a replié la table. Les coupes de champagne font suite aux verres de vin. La pièce montée apparaît sur la desserte, attendant le bon vouloir de la

maîtresse de maison qui passe de bras en bras, riant fort, parfois.
Mado, assise sur une chaise, somnole, perdue dans les vapeurs d'alcool. Raphaël échange avec David sur les mérites comparés de tel ou tel vin. Soudain, Mado sort de ses songes, s'approche de Violette et prenant le tombé de sa robe entre les doigts :
— Oh ! Quelle merveille ! C'est une Poiret n'est-ce pas ?
Violette, surprise, hésite entre l'agacement et la vanité :
— Oui, Raphaël me l'a offerte pour la naissance des jumeaux. Elle est belle, hein ? Elle appartenait à sa mère. Tu penses, c'est tout un symbole, tu imagines Madame Mère accepter de me céder une de ses chères toilettes, c'est inespéré ! Il faudrait la faire retoucher, je suis un peu plus fine qu'elle, à peine, surtout de la taille, mais quand même, suffisamment pour qu'elle ne soit pas totalement ajustée ; si tu veux, je passerai à ton atelier, tu penses pouvoir la retoucher ? si tu acceptes, on pourra la copier, sans doute.
— Oh oui ! J'adorerais, même si je ne parviendrai jamais à reproduire un tel drapé, ni à trouver un tissu aussi parfait !
Lila, cachée dans la petite pièce contiguë, derrière son tas de bûches, entend le brouhaha des conversations qui, parfois, s'éloigne et se mêle à ses rêves.

# 7 robes et Lila

Elle rêve qu'elle est dans la chambre de son frère et, armée d'un couteau, elle ouvre la bouche de celui-ci et lui extorque les mots, les uns à la suite des autres, en une farandole sanglante et compacte qui se mélange avec le sang du cheval accidenté. Elle enlève les mots de la bouche de son petit frère. Justin se laisse faire tout en poursuivant son jeu sur Internet, sans paraître gêné le moins du monde.

À un moment, Lila est réveillée par un éclat de rire plus bruyant que les autres. Elle émerge de sa torpeur, regarde la table abandonnée, sans comprendre. Personne ne se préoccupe d'elle. Elle glisse hors de sa cachette et, le dos courbé pour ne pas être vue, elle se faufile vers la chambre d'amis où se trouvent, épars sur le lit, les manteaux des invités. Elle n'a aucune envie de regagner sa chambre à l'étage où elle a peur de se retrouver toute seule, surtout les soirs comme celui-ci où Justin est allé dormir chez un copain. Si elle reste en bas, à proximité des invités, elle partagera mieux la fête et se sentira moins seule.

Elle se glisse sous les doubles-rideaux, se pelotonne sous le tissu lourd doublé de soie sauvage, au milieu des coussins et des manteaux épars sur le sol et le lit, elle s'endort parmi les fourrures tombées à terre et les vestes des invités.

## 4

Elle s'est endormie quelques instants. Elle est réveillée par des chuchotements :
— Non, non, arrête, on ne va pas…
— Oh allez, viens ! Ils sont occupés, ils dansent, viens !
Un souffle, des bruits mouillés, des gémissements, Lila émerge de son sommeil et pense que son rêve continue. Elle ferme les yeux, les réouvre.
Quelque chose s'abat sur le lit qui grince sous le poids. Lila se recroqueville, et tente de se rendormir.
— Vite, vite ! Humm !
Une bretelle claque.
— Aïe, attention, tu me pinces !
— Mmm ! Tu ne disais pas ça tout à l'heure, sous la table, hein ma chérie !
— Chuut ! Tu fais trop de bruit, on va nous entendre, chuut !
Des bruits de succion, des baisers. Tapie dans l'ombre, Lila risque un œil vers le lit, mais elle ne parvient pas à distinguer quoi que ce soit. Les bruits se précisent, des gémissements, des vêtements qui se froissent et chuintent en tombant, elle ne comprend pas ce qui se passe, elle se cache, terrorisée à la pensée que l'on pourrait la découvrir. Elle ferme les yeux. Se recroqueville, roulée en boule sous les double-rideaux, elle retient son souffle, appelant les mânes des invisibles pour disparaître vraiment. Un rayon de lune filtre à

travers les rideaux tirés, un petit tas gît au pied du lit, à quelques centimètres d'elle. Le rayon de lune fait miroiter un éclat doré, Lila risque un œil, et... la robe jaune, froissée, chiffonnée, comme une poupée oubliée, s'étale par terre. Lila n'en croit pas ses yeux et se retient de la prendre pour la caresser, la soigner, la frotter contre sa joue, sans trop savoir pourquoi, elle se dit que... Sa mère a dû prêter sa robe à quelqu'un, peut-être à Mado, oui sûrement, juste pour voir, pour l'essayer, c'est ça, une si belle robe, on peut bien la prêter à ses amies, surtout quand l'une d'elles est couturière. C'est pour se changer qu'elle est dans la chambre, non, ce n'est pas Violette, c'est une autre, une amie à qui elle a prêté sa belle robe, peut-être Mado pour qu'elle la copie.
Les gémissements s'intensifient, Lila tente de voir malgré la pénombre, elle se tord le cou pour voir plus loin. Elle distingue des mouvements, des vagues sous la couette, des gémissements et des petits cris. Elle plisse les yeux, des ondulations, la couette se soulève et retombe en tressautements difficiles à déchiffrer. Lila se demande ce que peuvent bien faire ces deux individus. Un homme et une femme, peut-être. Elle commence à s'ennuyer et à échafauder des plans pour sortir. Peut-être que si elle profitait d'un moment d'obscurité, un moment où la lune disparaît, elle pourrait sortir de la pièce.
Lila ferme les paupières, presse fort les doigts dessus et regarde à travers la peau. Elle entrevoit

des arabesques rouges et roses, des courbes qui oscillent en un kaléidoscope orangé. Elle ouvre les yeux, moins de bruits du côté du lit. Un bref cri, vite étouffé, quelque chose se soulève, les draps sont envoyés en l'air, un corps se lève au-dessus d'un autre, un dernier râle, le bois du lit craque, un long soupir, et plus rien. Le drap recouvre la tête de la femme, Lila ne parvient pas à distinguer ses traits. L'homme a disparu, enfoui sous la couette.
Lila se dit que la dame a sans doute eu besoin de se reposer un peu. Elle s'impatiente. Elle se prépare à bondir pour quitter la pièce, quand l'homme se dégage des bras de sa compagne et sort du lit. Il récupère les vêtements épars, s'habille rapidement. Avant de sortir, il s'arrête un instant, relève sa mèche de cheveux d'un geste brusque, un geste d'homme pressé, irrité presque, il se tourne vers la silhouette dans le lit et chuchote à voix basse :
— Tchao, amore, à très vite.
D'un bond, avant que Lila ait pu l'apercevoir, il quitte la pièce.
Lila se recroqueville dans les plis des rideaux. La femme reste sous les draps, s'étire, soupire légèrement. Elle se penche, récupère la robe jaune, un petit bout de papier blanc s'échappe et tombe sur le plancher. Elle enfile le fourreau jaune qui chuinte en glissant sur sa combinaison. Le temps d'une respiration, Lila entend la porte s'ouvrir tout doucement. Quelqu'un se faufile dans l'embrasure de la porte, une ombre se découpe

dans la clarté de la lune, une silhouette petite qui se retourne d'un mouvement machinal. La lune choisit ce moment pour sortir des nuages et éclairer la pièce d'une clarté scintillante, d'un jaune pâle et ouaté. Lila distingue le visage de Violette qui balaie la pièce du regard, se retourne pour franchir la distance qui la sépare de ses invités, de l'autre côté du couloir. Elle sautille à cloche-pied, enfile ses escarpins à la hâte, s'appuie sur le chambranle, et sort. La porte se referme. La chambre retombe dans la pénombre. Lila se retrouve seule, incapable de comprendre ce qui s'est passé. Que faisait sa mère avec un monsieur, dans la chambre d'amis, sous les manteaux entassés, et sous la couette ? Pourquoi la robe jaune était-elle par terre ? Peut-être qu'elle voulait la prêter à Mado, mais pourquoi y avait-il un homme avec elle dans le lit ? Est-ce que c'était son père, mais son père est plutôt petit et la silhouette était grande et son père n'a pas les cheveux longs ?

Un peu effrayée, elle attend un moment, se dégage des double-rideaux et se glisse à son tour dehors. Sur le pas de la porte, la lune fait luire le petit papier blanc sur le parquet brun, échappé de la robe. Machinalement, Lila se baisse et le ramasse. Un nom en arabesques grises avec une écriture en forme de plume : Poiret, est écrit sur ce qui semble être une étiquette. Lila, sans y prêter attention, la fourre machinalement dans la poche de sa robe.

Puis elle court dans sa chambre se réfugier sous la couette et, renonçant à trouver des réponses à ses questions, épuisée par tant d'émotions, elle s'endort instantanément, d'un sommeil peuplé de robes jaunes et rouges, de dames qui s'échangent leurs toilettes et de messieurs inconnus qui les accompagnent dans des danses étranges et silencieuses.

# LA DEUXIÈME ROBE :

# LA ROBE DE TENNIS

# 7 robes et Lila

## 1

Sa mère adore jouer au tennis. Elles partent toutes les deux dans sa Triumph Spitfire bleu pâle, chaque mercredi après-midi. Ainsi, chaque mercredi après-midi, vers 14 h, elle prend son sac en cuir noir et blanc, saisit ses clés sur la console de l'entrée, vient chercher sa fille dans sa chambre alors qu'elle lit, allongée sur son lit, son chien à ses pieds. Elle inspecte sa tenue et à chaque fois, Lila a la désagréable sensation d'être une poupée, une sorte de faire-valoir à ses côtés. La petite fille bien habillée, propre et soignée dans sa jolie robe, le petit toutou que l'on exhibe, pour lui faire faire sa promenade quotidienne sous les yeux de son public. Alors, Lila refuse très souvent de porter les jolies robes que Violette adore, leur préférant déjà les pantalons troués aux genoux avant que ça ne devienne la mode. La fillette tente d'éviter d'être son clone et de trouver sa propre voie. Lila devient ainsi rapidement un garçon manqué qui adore grimper aux arbres, courir, monter à cheval, nager, jouer dans les vagues, mais pas jouer au tennis, sport qui n'a aucun intérêt à ses yeux et qui est le sport de sa mère. Elle affirme ainsi sa singularité dans une opposition claire et nette avec elle.

Sa mère pratique le tennis au sein d'un club très sélect de la ville, le Club de la Roseraie, où se retrouvent les notables et tous « les gens bien », ainsi qu'elle les appelle. L'ambiance feutrée et distingué se fait sentir dès que l'on franchit la barrière blanche. Déjà, sur le parking, les bruits agressifs de la ville s'arrêtent, s'évanouissant dans le calme vert des arbres et de l'argent. Un parc magnifique dont les grands arbres protègent les habitants et dérobe à la vue des humains ordinaires la vie aisée et convenue des membres de cette micro société. Lila adore les arbres. Elle aime leur long balancement, leurs chuchotements discrets, leurs murmures dans le vent. Chaque fois qu'elle sort de la petite voiture de sport, ils se penchent vers elle, la caressent pour lui souhaiter la bienvenue et lui donner le courage d'affronter le ton superficiel et inauthentique des membres de la bourgeoisie de la ville. À peine arrivée, il faut être polie et « bien élevée », montrer ses bonnes manières et sa jolie robe à smocks qui l'irrite et la démange. Sa tenue devrait se compléter de babies vernies qu'elle a réussi à troquer pour des baskets élimées à force de grimper aux arbres. Lila balance à bout de bras un sac en plastique contenant un jean troué et un vieux tee-shirt, brûlant de se changer pour pouvoir enfin aller retrouver son copain Jérôme. Elle déteste ces présentations superficielles et codées dans lesquelles sa mère se pavane. Elle s'enfuit dès qu'elle le peut, ressentant trop l'envie et la jalousie qui peuplent les formules convenues de la politesse bourgeoise.

Sa mère, elle, plonge avec délice dans le bain de mondanités du club. Elle l'oublie rapidement, prise dans les interpellations frivoles et le défilé de ses

copines, femmes de célébrités locales ou simples mères prises dans leurs obligations familiales.
Il faut être vu, en être, et elle s'y emploie, tenant haut son rôle dans la micro société bordelaise, la jet-set des vins et du bouchon. La scène d'un théâtre provincial que lui donne ce club. Peu de femmes qui travaillent, mais certaines, cependant, réussissent à cumuler enfants, mari et travail.
La jeune femme avec laquelle sa mère a rendez-vous cette après-midi est de celles-là. Agathe est mère de trois enfants, orthophoniste, épouse d'un homme qui pour l'instant, travaille à Paris et rejoint sa famille le week-end.
Pour sa part, dès que possible, Lila disparaît, profitant de la liberté que sa mère lui accorde à l'intérieur des barrières blanches. Elle connaît tous les coins et recoins qui peuvent la rendre invisible aux yeux des adultes. Elle joue à son jeu préféré : être invisible, faire comme cette tribu d'indiens d'Amazonie qui, dans La forêt d'Émeraude, se cachent et disparaissent aux yeux des autres, les blancs, les méchants, les exploiteurs, défricheurs de cette grande forêt. Depuis, Lila rêve qu'elle est invisible dès qu'elle veut se dérober aux yeux des adultes. De toute façon, les grandes personnes ne prêtent aucune attention à un microbe comme elle.
Alors, cet après-midi-là, dès que sa mère plonge dans le bain des salutations diverses, elle s'éclipse dans les vestiaires et troque sa robe de petite fille modèle contre son jean tout troué :
— Maman, Maman, je peux aller jouer ?

— Oui, mais tu aurais pu garder ta jolie robe, tu es toute sale et ton jean est déchiré.
— Pas grave !
Sa mère, quand elle la voit ressurgir des vestiaires, fronce les sourcils. Elle supporte mal qu'elle lui échappe et devienne cette petite sauvageonne, douée dans tous les sports, amoureuse du vent, de l'aventure, des chevaux et des chiens, de la mer aussi. Elle qui ne pratique un sport que pour pouvoir mettre en valeur sa silhouette, ses jambes bronzées et sa taille fine, et retrouver quotidiennement les « gens de son milieu », un vocabulaire énigmatique, une phrase que Lila entend souvent et ne comprend pas, importante pour Violette vu la façon dont elle la prononce. Elle a besoin de briller, d'être vue et reconnue. Elle a besoin de se distinguer, de ne pas être comme tout le monde.
À cet égard, le club de tennis est l'idéal. Dès qu'elle pénètre dans son enceinte, sa mère étincelle de tous ses feux. Elle se présente à la réception, consulte le registre de réservation des cours, confirme sa venue et se met en quête de retrouver sa partenaire du moment. Agathe, accaparée par sa vie de famille et les multiples tâches afférentes à l'éducation de trois enfants en bas âge, est toujours en retard. Sa mère patiente, balançant sa raquette en bout de bras, elle se dirige vers le cours numéro cinq et envoie quelques balles sur le carré adverse. Avec sa jupette plissée blanche qui volette sur ses jambes bronzées, dès qu'elle court sur une balle,

sa tenue de tennis, griffée du célèbre crocodile, met en valeur sa beauté sportive et déliée.
Entièrement blanche, la jupe courte se complète d'un petit haut en coton blanc, bordé d'un liseré bleu pâle, en accord avec le crocodile qui ouvre une gueule rouge, prêt à dévorer le sein moelleux à sa portée. Sa jupette rehausse ses jambes fines quoiqu'un peu courtes, ses épaules rondes et sa poitrine frémissante dont la respiration s'accélère dès qu'un homme franchit le portail. Agathe finit par arriver.
— Désolée, je suis en retard, mais tu sais ce que c'est, les enfants, le travail... Ouf ! J'y suis, allons-y !
Et elles démarrent une partie ponctuée d'exclamations, de rires et de plaisir. Agathe est une partenaire opiniâtre et têtue qui dispute chaque point et refuse de se laisser faire. Les deux jeunes femmes démarrent doucement, puis s'opposent et disputent de plus en plus ardemment les points un à un.
Le club, désert en ce début d'après-midi, se remplit peu à peu des joueurs et des accompagnants, membres des familles, enfants, femmes de. Parfois, l'après-midi, entre 16 h et 17 h, Raphaël en pousse le portail de bois blanc et se dirige d'un pas rapide vers l'intérieur.
Il encadre sa haute stature dans la porte du Club-house, jette un regard désintéressé autour de lui, à la recherche d'une personne connue. Quand il tombe par mégarde sur Lila, petite sauvageonne

sale et en guenilles, les genoux écorchés parce qu'elle est encore allée traîner dans les buissons de la haie avec Jérôme, son copain de là-bas, le regard de ce bel homme passe au-dessus d'elle sans la voir. Il s'attarde sur les autres clients, puis revient à elle. Il feint alors de l'apercevoir, sourit et l'apostrophe de sa voix de stentor :

— Coucou jeune fille, tu sais où est ta maman ?

— Mmmm ! Elle joue là-bas, répond-elle invariablement sur un ton évasif.

Il la remercie d'un sourire, parfois lui ébouriffe les cheveux d'un geste distrait. Puis il part au fond du vestiaire se changer. Quelques minutes plus tard, vêtu d'un short blanc et d'une chemise bleue ou rose au crocodile attendu ton sur ton, il s'avance dans l'allée centrale à la recherche du terrain où officie sa mère.

En général, elle achève sa partie endiablée contre son amie. Les rires et les exclamations fusent, accompagnant le bruit mat et sourd des balles s'écrasant dans le fond du cours.

Quand Raphaël franchit l'allée, sa mère s'interrompt et d'un bref mouvement de tête, en guise d'excuse envers sa partenaire, elle s'approche de la clôture.

Il lui prend la main et sans jamais lâcher ses yeux du regard, lui fait un baise main dans lequel passe toute la sensualité du monde. Chaque fois que Lila surprend ce geste, elle a la sensation d'être projetée dans leur être ensemble, une intimité secrète et mystérieuse, un code inconnu,

énigmatique et réservé, pratiqué par eux seuls, même s'il est dévoilé aux yeux du public pourtant restreint du club. Elle se sent alors exclue d'un moment volé et elle refuse d'accepter ce qu'elle voit. Elle regarde, tentant de décoder ce geste banal mais si surprenant à ses yeux, et elle s'enfuit, se précipitant vers des jeux plus hasardeux les uns que les autres.
Elle se tourne vers son compagnon du moment, Jérôme en général, et, afin de fuir ce qu'elle ne peut intégrer, elle invente un jeu dangereux, de plus en plus meurtrier, pour le jeune garçon ou pour l'oiseau qu'ils viennent de capturer.

## 2

Jérôme et Lila se réfugient chaque après-midi dans les buissons en bordure des terrains. Jérôme est le fils de Paola, la meilleure amie de sa mère. Petit, chétif, il possède d'immenses yeux bleus au regard étonné de biche blessée. Il a un caractère doux et placide et adore qu'elle prenne la direction des opérations. Cette après-midi-là, c'est le début du printemps. Un mois d'avril particulièrement chaud. Les chatons des marronniers volent comme des flocons de neige trop légers pour tomber sur le sol, conférant à l'air une teinte irréelle, opaque et blanche. Un oisillon est tombé du nid et ils l'ont trouvé par terre avant que les chats trop nombreux du club ne jouent avec lui. Elle a saisi l'oisillon, tout meurtri de sa chute et, ravie de sa découverte, elle l'a apporté à Jérôme. Elle ne sait pas ce qu'elle veut en faire, mais elle se rappelle le cœur du petit oiseau qui bat à tout rompre entre ses mains jointes, ses efforts pour le garder malgré les coups de bec désespérés que l'oisillon donne pour la faire lâcher prise.

Jérôme ne manifeste aucun enthousiaste à la vue de l'oiseau, au contraire. Il fronce les sourcils et dit d'un air dégouté :

— Beurk ! C'est sale !

— Non, un oiseau c'est pas sale, c'est juste chaud, regarde.

— Non, c'est dégoutant, ça pue en plus, beurk !

Lila ne comprend pas le dégoût manifesté par son jeune compagnon. Pour lui être agréable, elle serre un peu les doigts. Les piaillements désespérés de l'oisillon augmentent jusqu'à saturer l'air de leur stridence. Elle l'étouffe. Devant l'air horrifié de Jérôme, elle se ressaisit et desserre son étreinte. L'oisillon reprend une goulée d'air et piaille plus faiblement.
Elle n'oubliera jamais l'air horrifié de Jérôme qui jaillit hors du buisson, en hurlant :
— Elle va tuer un oiseau, elle va tuer un oiseau, elle est folle !
Sa mère qui marquait un point particulièrement décisif, abat sa raquette en un smash vainqueur. Elle lève le bras en signe de victoire, Raphaël applaudit le point gagnant de la championne.
La mère de Jérôme, Paola, assise sur les gradins se tourne vers son fils. Lila reste au fond des buissons, tapie dans l'ombre, impossible à atteindre par les adultes en plein soleil sur le cours. Elle se dirige vers lui, le prend dans ses bras et tente de le consoler :
— Eh bien mon chéri, que se passe-t-il ?
— Elle, elle… a tué un oiseau comme ça… et joignant le geste à la parole, il ferme ses mains étouffant un oiseau imaginaire.
Violette relève une mèche de cheveux trempés de sueur et, déjà agacée, s'approche de son amie.
— Mais non, mais non, mon petit, Lila est un peu distraite, mais elle ne ferait pas de mal à une mouche, tu sais un oiseau tombé du nid, c'est très

fragile. De toute façon, il serait mort, hors du nid ! Elle n'a pas fait exprès, c'est rien !
— Si, si... ! Elle... l'a... fait exprès..., elle l'a étouffé...
Les sanglots interrompent son récit. Hoquetant, il ne peut pas poursuivre. C'est le moment que choisit Lila pour jaillir des buissons, et prenant un air dégagé, elle court se réfugier dans les bras de sa mère.
— Coucou Maman...
Faisant mine de découvrir la scène, elle ne dit rien, et feignant la surprise, elle attend.
— Eh bien ma chérie, qu'est-ce-que tu as fait à l'oiseau ?
Lila tend les mains où se trouve l'oisillon mal en point mais en vie, et d'un air surpris :
— Rien Maman, rien, il a juste cessé de respirer un moment, mais il va mieux maintenant, je vais aller le remettre dans son nid, j'ai vu où il était !
Triomphante, sa mère se tourne vers son ami, dépité :
— Ah tu vois ! Ce n'est pas sa faute. Ce pauvre oiseau devait être déjà mal en point. Il est tombé du nid et s'est étouffé dans sa chute. Elle a voulu le sauver, pas du tout le tuer, tu exagères, Lila n'est pas comme ça !
Jérôme ne dit rien. Les adultes se détournent de la scène. Sa mère conclut :
— Allez ma chérie, repose cet oiseau et va te laver les mains, ce n'est pas très propre de toucher les oiseaux tombés du nid, laisse ça aux chats, mon

petit cœur, va prendre quelque chose au bar avec ton petit copain, je vais me doucher et nous allons partir !
Jérôme lui glisse un regard en coin auquel elle répond par une parfaite indifférence, un haussement de sourcils, et s'assurant que personne ne regarde, elle lui tire la langue. Il s'aventure hors des bras maternels et vient la rejoindre.
Fière de son succès, elle lui propose un jus de fruit à déguster sur les hauts tabourets du bar.
— On va prendre un jus de fruit dès que j'ai rapporté Homère.
— C'est qui Homère ?
— Ben lui, l'oiseau, je vais le reposer dans le nid. Je sais où il est, attends-moi, je reviens dans une minute.
Joignant le geste à la parole, elle repart dans les fourrés buissonneux et grimpe dans le marronnier voisin. Elle n'a pas son pareil pour grimper aux arbres. Jérôme l'accompagne, un peu inquiet :
— Tu devrais pas faire ça.
— Oh toi, tu as la trouille de tout !
— J'ai le vertige.
Dédaigneuse pour son copain, dont elle adore faire son souffre-douleur, elle s'élance dans les branches basses. Quand elle monte dans un arbre, elle devient un elfe. Légère, elle saisit d'instinct la branche la plus solide et progresse régulièrement de plus en plus haut. Insensible au vertige, dégagée des frères humains microscopiques restés

en bas, elle devient un esprit de la forêt. Elle se mélange aux arbres pour devenir comme eux. Elle les entend parler, elle écoute les sons que fait le vent dans leurs branches. Elle perd tout contact avec le monde des hommes, elle devient l'arbre ou une la liane qui le colonise, un être des forêts.
Elle lave son esprit aux murmures des arbres. Elle atteint les plus hautes branches. Elle voit Jérôme qui lève la tête, inquiet de sa témérité. Elle reprend son ascension. Comme elle parvient jusqu'aux branches plus fines, elle se cale à la fourche de deux branches. Le nid est juste là, coincé sur l'intersection. Elle reprend un instant son souffle puis, délicatement, tend la main pour déposer l'oisillon. Il y a deux autres petits qui piaillent à tout va, ouvrent leur bec hurlant famine. Les parents sont partis chercher à manger. Elle reste un instant immobile, goûtant le silence et la force du grand arbre. Chaque fois qu'elle est dans un arbre, elle se sent invincible. Le vent caresse son visage. Elle est l'arbre, une partie de l'arbre, elle devient la branche, la feuille ou la plus petite brindille. Elle flotte dans l'espace, au-dessus du monde, oublie les autres et leurs airs horrifiés chaque fois qu'elle apparaît au Club-house, de retour d'une expédition dans les arbres, les genoux couronnés, les bras écorchés, les cheveux en bataille, des feuilles ou des brindilles prises dans ses boucles de la teinte de l'automne, lui donnent l'air d'un elfe des bois, hagarde et ravie. Le parc du club s'orne d'arbres immenses et magnifiques, des marronniers, des

hêtres, des saules qui bruissent et se parlent dans le vent. L'immensité des arbres et la beauté du parc constituent un monde sylvestre, hors du temps et des manières superficielles et inauthentiques des adultes. Pour les arbres, elle accepte d'accompagner sa mère et d'endurer ses copines et leurs bavardages.

Elle pense entendre et parler la langue des arbres, mais elle ne l'a encore jamais dit à qui que ce soit.

Elle pose délicatement Homère avec ses frères et sœurs. Elle n'est pas sûre qu'il y restera, mais bon ! Son exploit accompli, la descente ne prend que quelques minutes. Elle dégringole de branche en branche, choisissant les plus solides. À la fin, elle perd un peu le contrôle, rate une branche et arrive un peu brutalement sur les fesses, sur le sol. Elle reprend pied, un peu groggy, tentant de retrouver figure humaine, époussetant les poussières et les chatons qui la recouvrent de leur neige. Elle tente de reprendre contenance et se tourne vers son compagnon :

— Voilà, Homère est avec ses frères et sœurs !

— Oui, mais il va peut-être pas y rester, mon père m'a dit qu'il faut pas toucher les oiseaux tombés du nid.

— Oui, ben c'est dur de les reposer sans les toucher.

Encore méfiant, tentant de discerner son humeur, Jérôme ne répond pas tout de suite, puis :

— On va boire un jus d'ananas, prem's... se risque-t-il.

# 7 robes et Lila

Ravie et un peu sonnée par sa chute, elle lui emboîte le pas et tente de le rattraper. Il court devant et conforte son avance ; tandis que l'écart se creuse entre eux, une bande d'ados s'intercale. Elle les connaît de loin, ils sont cinq, trois garçons et deux filles, elle tombe sur la partie masculine de la bande. Enzo, le plus âgé, treize ans, s'avance :

— Eh toi là, tu vas où ?

Elle s'arrête et ne répond pas, il insiste :

— T'as perdu ta langue ou quoi ?

— Laisse-la, c'est une bêcheuse, je la connais, elle dit bonjour à personne, on n'est pas assez bien pour elle, renchérit Bastien.

Hugo la pousse du coude :

— Alors, tu fais pas la fière hein ? Mais... c'est qu'elle est mignonne la petite, un peu sale, mais regardez les gars, elle est pas mal la fifille à sa maman !

Ils l'entourent, la poussent et resserrent leur cercle autour d'elle. Elle baisse la tête. Soudain, elle se jette sur eux, tente de les repousser en fonçant sur le plus proche. Comme s'ils n'attendaient que ce signal, ils se précipitent sur elle, la font tomber, l'étouffent de leurs corps entassés. Elle serre les poings et tape au hasard pour se dégager, d'abord doucement, puis de plus en plus fort, griffe, donne des coups de pied.

Son poing fermé rencontre une épaule, un nez, un ventre mou. Enzo se couche sur elle et la maintient de tout le poids de son corps.

— Il est où ton petit copain là, il t'a bien laissée tomber hein ? Mais c'est qu'elle résiste la demoiselle, et elle veut pas lâcher !
Lila tourne la tête et tente de mordre une main qui passe. Elle n'a plus d'air, elle essaie d'aspirer une goulée, un filet d'air parvient à ses poumons, elle tousse faiblement, étouffée par le poids des corps.
Soudain, elle entend un hurlement et elle perçoit un corps qui s'ajoute sur le tas formé par eux trois. Jérôme a fait demi-tour et vient se jeter dans la mêlée. Les trois garçons se dégagent, se relèvent et font cercle autour de leur nouvel adversaire. Ils vont se jeter sur lui, la fillette se relève, un peu K.O., et se prépare à aider son ami quand sa mère, Paola, Agathe et Raphaël font irruption au bout du chemin, alertés par les cris de la bagarre. Les adultes accélèrent le pas en les voyant se battre. Raphaël se précipite et dégage les assaillants. Il attrape Jérôme et Lila, les soulève à bout de bras, tandis que les trois autres en profitent pour s'enfuir.
— Lila, mais enfin, qu'est-ce que tu fais là à te battre avec des garçons ? demande sa mère, interloquée. Furieuse, la petite fille, transformée en sauvageonne, donne des coups de pieds dans le vide, suspendue dans les airs par la poigne ferme de Raphaël qui, les cheveux dans les yeux, sourit en maintenant sa prise au-dessus du sol.
— Lâche-moi, t'es pas mon père, lâche-moi.
Lentement, sans répondre, accentuant son petit sourire au coin des lèvres, Raphaël les dépose à terre.

— OK, OK ! Mais arrêtez de gigoter tous les deux, et toi mademoiselle, je ne suis peut-être pas ton père, mais je peux quand même m'occuper de toi quand tu te bats comme une gitane !
— Lila ! ne parle pas comme ça à Raphaël, tu vas immédiatement lui faire des excuses !
— Mais non, mais non, laisse-la, ce n'est rien, elle est énervée.
— Lila, j'attends tes excuses, insiste sa mère.
La fillette, boudeuse, s'avance vers l'ami de sa mère qui reste planté dans le soleil, et à contrecœur, s'exécute :
— Je suis désolée, excusez-moi, prononce-t-elle d'une voix inaudible.
— Comment ? Je n'ai rien entendu, insiste sa mère, fermée.
Raphaël repousse sa mèche d'une main légère et se penche vers Violette :
— Laisse, n'en faisons pas toute une histoire, c'est une enfant, la bagarre lui a fait peur, laisse-la.
La petite bande s'est éclipsée, seuls restent Jérôme et Lila, dépités et furieux dans leurs vêtements déchirés.
— OK ! Tu as raison, laissons-les, ce sont des histoires de gamins, mieux vaut en rester là, réplique tranquillement sa mère qui poursuit son chemin, sa raquette négligemment jetée sur l'épaule.
— Et toi Jérôme, qu'as-tu à dire ? reprend Paola, sa mère.

— Euh, rien ! Ils nous ont attaqués, on a répondu c'est tout.
— Mumm bon, ça suffit ! Allez prendre un verre au bar et habillez-vous correctement, on dirait des gamins des rues, dis à Hugo que je passerai payer !
Et sa mère poursuit son chemin, Raphaël et Violette sur ses talons. Raphaël oblique vers le terrain où il va disputer un double. Il reprend la partie, interrompue un instant par les cris des enfants.
Jérôme prend le bras de Lila et rebroussant chemin, l'entraîne en courant vers le bar. Elle l'arrête :
— Merci, c'est sympa.
— De quoi ?
— Ben que tu sois revenu.
— Oh c'est rien ! T'inquiète, ça va !
Il reprend sa course, Jérôme adore courir, partout, tout le temps, il court. La fillette le suit de loin, elle boite, elle a des bleus partout, mal au genou et au coude, là où ses assaillants ont cogné, quelques bleus à l'âme aussi complètent le tableau. Elle court maladroitement en claudiquant. Elle s'arrête, poursuit son chemin sans courir en se frottant le genou.
Jérôme l'attend devant le bar. Ils se précipitent, se poussent mutuellement, chacun voulant entrer le premier et s'engouffrent ensemble dans la porte à double battant. Ils débouchent dans la salle du bar, et, troublant le calme souverain du lieu, ils éclatent

de rire. Ravis de leur blague, ils se juchent sur les hauts tabourets, oubliant l'oiseau, leur brève querelle avec les garçons, son côté sauvageonne et les arbres. Rassurés, à l'abri, ils savourent l'ambiance feutrée du Club-house. Normalement, les enfants ne sont pas admis non accompagnés, mais Hugo, le jeune barman stylé, sourit et s'avance vers eux.
— Vous n'êtes pas censés être ici sans vos parents, les enfants, vous savez !
Hugo est un ovni dans l'univers tennistique. Il détonne avec ses nombreux tatouages qui envahissent ses bras musclés de surfeur. Il a la passion du vent, de la nature, de l'océan et des vagues, mais son côté étrange et décalé dans le monde du tennis est accepté sans problème à cause de sa gentillesse et son professionnalisme. Discret et efficace, il accepte les brindilles et la poussière que Lila trimballe avec elle et qui salissent le sol en bois précieux.
— Salut poupée, tu as encore grimpé dans les arbres, tu devrais faire attention, un jour tu vas te rompre le cou.
— Mais non, mais non ! Je suis pas poupée et je ne suis jamais tombée, les arbres ne me laisseront pas tomber.
Et souriant, avisant une paille qu'elle place dans le verre de menthe à l'eau qui vient de surgir devant elle, la mettant dans la bouche, elle ajoute en chuchotant si bas que personne ne l'entend :
— Ils me protègent, les arbres.

Hugo s'approche de l'enfant et pose sa main tatouée sur son avant-bras.
— Moi, ce sont les vagues qui me protègent, petite fille.
Elle regarde le bras sur lequel les dauphins jouent avec des vagues stylisées, où une surfeuse avance, l'air dégagé et sexy. L'odeur de sel et d'embrun qui accompagne le jeune serveur frappe ses narines. Hugo est un surfeur en cage. Le jeune homme se penche vers elle et, découvrant son avant-bras, susurre, l'air goguenard :
— Regarde la poupée, là, elle surfe sur mon bras !
En un clin d'œil, il contracte ses muscles et, ébahie, elle voit, la vague se dérouler et la surfeuse avancer. Interloquée, elle tend un doigt hésitant pour toucher les tatouages colorés.
— Pas touche, jeune fille, ça marche que quand il y a du swell.
Il sourit, cligne des yeux, feint de retirer sa main, et prend son doigt.
— Là, je plaisante, vas-y, tu peux toucher, ça ne mord pas, t'inquiète fillette.
Il recommence et la surfeuse avance encore. Jérôme, fasciné, s'approche :
— Ouaouh ! Je veux la même que toi, moi.
Hugo éclate de rire
— Ouais, peut-être man, quand tu seras grand, si tu fais du surf.
Il se détourne et vaque à ses occupations, oubliant ostensiblement de les faire payer.

— Allez les kids, prenez vos jus et dégagez, le bar est réservé aux adultes !
Il replace ses écouteurs branchés sur les ondes d'une radio du surf dans ses oreilles ; il tente de capter les fréquences où ses potes émettent et transmettent l'état du swell et la taille des vagues.
Demain, il est de repos, il surfera sur les rouleaux réguliers des marées de l'Atlantique.
Prenant leurs verres, les deux petits, fiers de leur nouveau statut récemment octroyé par le gentil barman, sortent et vont attendre leurs mères assis sur les bancs, au soleil.

## 3

Pendant ce temps, Violette a achevé sa partie de tennis. Elle se dirige vers le bord du terrain où se trouvent ses affaires de sport. Sur le cours d'à-côté, Raphaël joue une partie. Violette s'arrête un instant pour regarder quelques balles. Comme personne ne semble vouloir utiliser le cours après elle, elle en profite pour prendre son temps.

Son amie et partenaire, Agathe, la rejoint. Agathe est une jolie fille, sportive, dévouée à sa famille et à son mari. Elle est toujours pressée de rejoindre son domicile pour aller chercher un de ses trois enfants à l'école, faire quelques courses, préparer le dîner, récupérer des vêtements au pressing…
Comme à son habitude, la jeune femme manifeste son impatience :
— Je suis désolée, je suis pressée, je dois récupérer Arthur chez son copain, j'ai juste le temps de me changer, bisous. On joue vendredi, tu retiens un cours ?
— Oui, ne t'inquiète pas, file vite, je me débrouille, bisous ma chérie !

Violette prend son temps. Raphaël est en pleine partie. Plutôt grand, il arbore une moustache fournie et drue qui chatouille la main de Violette quand il effectue un baise main appuyé, pour vérifier, le regard en dessous, que Violette est toute à lui. Les yeux bleu délavé, il est presque roux. Une

voix extrêmement grave, sonore, lui permet de se distinguer parmi les convives dans les soirées animées de leur bande. Son métier de négociant en vin lui laisse beaucoup de temps pour profiter des bienfaits de la fortune familiale, amassée par les générations précédentes.
Raphaël aime le luxe, la vie facile, les jolies femmes, les plaisirs d'une existence dorée. Nonchalant, il entraîne ses amis dans son sillage, toujours partant pour prendre un verre, échanger une opinion, discuter des derniers cépages de telle ou telle exploitation viticole, du mérite de tel vin ou d'un restaurant nouvellement ouvert, d'une voiture ou d'un cigare. Il est le parfait représentant de cette bourgeoisie douce et dorée qui s'épanouit en province dans les années 90, loin du rythme effréné de la capitale.
Gai et avenant, il utilise son physique de jeune premier pour conserver une certaine légèreté, et en profiter. Il prend la vie comme elle vient et fait de ce trait de caractère, un art de vivre. Avec Mado, ils forment un couple assez en vue à Bordeaux. Mado utilise les relations de son mari pour mettre à profit ses talents de couturière et développer son commerce, où elle s'est fait une spécialité de copier avec talent, les derniers modèles des grands couturiers.
Violette est une de ses clientes assidues et fervente adepte. Mado admire la taille fine et les jambes nerveuses de Violette. Les deux femmes sont devenues, au fil des essayages, presque des

amies. Et Violette a découvert qu'elle fréquentait le même club de tennis que le mari de sa couturière.
Pour l'heure, Violette admire le jeu viril de Raphaël. Les échanges sont rapides et sonores, les balles s'écrasent en fond de cours, jouant avec les lignes. Soudain, Raphaël accélère le jeu et monte au filet pour smasher, son adversaire le renvoie en fond de court d'un lob très en hauteur. Raphaël, à nouveau sur la balle, exécute un smash gagnant. Des exclamations de plaisir et d'admiration de la part des quelques spectateurs ponctuent le point.
Violette sourit, admirant la vigueur du jeu, goûtant le soleil qui s'attarde, elle prend son temps pour ranger ses affaires dans son grand sac de sport. Elle a oublié Lila et l'oiseau.
Elle lève le bras et fait signe à Raphaël qu'elle repart. Un soupir, un « han », lui répond, Raphaël, ne l'a pas entendue et sa balle s'écrase en fond de court.
Violette pénètre dans l'antichambre qui distribue l'espace dévolu aux vestiaires des hommes et des femmes. Elle s'arrête, un instant éblouie par le contraste avec la pénombre qui règne dans l'espace assombri et feutré où les boiseries traitées au camphre dispensent leurs effluves aux utilisateurs du club. Violette cligne des yeux et s'avance vers les vestiaires des femmes. Une double porte de saloon en bois ferme les lieux, protégeant l'intimité des joueuses, à droite le vestiaire des hommes, à gauche celui des femmes.

# 7 robes et Lila

Violette se dirige vers son casier. Un banc assez bas court en face de deux rangées de casiers fermés par de petits cadenas de cuivre doré qui luisent dans le clair-obscur. Tous les casiers sont identiques, Violette a le numéro vingt-neuf. Les vestiaires sont un havre de paix où il est recommandé de ne pas faire de bruit et où les enfants sont tenus à l'écart.

Violette prend son nécessaire de toilette, savon, shampoing, talc, tous parfumés à Calèche d'Hermès, et se dirige vers les douches. Il n'y a pas foule à cette heure peu avancée de l'après-midi, une autre femme laisse couler sur ses épaules le jet chaud et ensuite glacé de la douche. Elles se croisent, Violette, un peu surprise, salue brièvement sa compagne de vestiaire. Les cheveux enroulés dans une serviette blanche, elle pénètre dans la cabine de douche carrelée de blanc. Elle évolue parmi les senteurs parfumées, sereine ; les muscles, tendus après l'effort du jeu se détendent peu à peu sous le jet d'eau chaude progressivement froide, Violette termine par un jet d'eau glacée qui la fait suffoquer. Le froid la saisit, le plaisir viendra ensuite.
De l'autre côté de la cloison, elle entend les hommes discuter du dernier point et échanger vivement. Violette sourit, devient ouateuse, Raphaël est derrière. Sa compagne de vestiaire finit de s'habiller, se tourne vers elle, la salue d'un sourire et quitte les lieux.

Violette reste seule. Elle entend la double porte de saloon battre l'air. Une autre joueuse sûrement. Elle sort de la douche, se penche vers son cadenas pour refermer, quand deux bras la maintiennent pliée en deux. Elle porte une longue serviette blanche autour du corps. La serviette tombe sous les caresses fébriles et nerveuses de Raphaël. Ses mains s'attardent sur les seins, le cou, la nuque, puis une longue caresse entre les jambes de Violette qui serre instinctivement les cuisses. Il la retourne et l'embrasse. Elle se laisse aller aux baisers de plus en plus insistants, le souffle de plus en plus fiévreux. Il lui lèche la nuque, mélangeant la salive aux quelques gouttes qui s'attardent sur ce carré de peau. Il se presse contre elle. Elle se tend et s'offre aux mains expertes qui parcourent sa peau. Elle recule les fesses, à la recherche du contact. Son dos appelle le sexe de l'homme pressé contre elle. Il attend un instant et la retourne pour l'embrasser à bouche-que-veux-tu.

Elle lève les yeux et fond dans les prunelles d'or liquide. Il plisse légèrement les paupières, sa moustache lui chatouille le nez. Elle se dégage, tente de fuir. Il la retient et la regardant gravement, une main passée sous les fesses, il défait la serviette et, d'une seule poussée, s'enfouit en elle, nue au milieu des vestiaires. Il s'immobilise, attentif à la fièvre qui s'empare d'eux, retenant un instant le temps, il savoure les lèvres chaudes et humides de sa partenaire. Puis il commence de lents va et

vient. Violette se renverse en arrière, toute au plaisir qui jaillit.
Le peau à peau s'emmêle, la sienne et celle de l'autre. Elle se couvre de gouttes de sueur. La respiration s'accélère. Violette se reprend un instant, tentant de freiner son compagnon
— Et si… quelqu'un…
Il lui ferme la bouche d'une main nerveuse et la retourne pour clore ses mots d'un baiser. Transi de désir, le sexe raidi, il la porte au-dessus de lui et d'un seul mouvement, l'empale sur lui. Les yeux clos, elle se laisse faire, se soulevant juste assez pour sentir son sexe se refermer sur lui. Elle se cambre en arrière et, toute à sa jouissance, enfonce plus profondément en elle le sexe de son amant.
Ils vont partir ensemble, quand les portes de bois battent. Violette reprend instantanément ses esprits. Elle se désunit de Raphaël, enroule la serviette d'un geste vif autour de ses épaules, tandis qu'il se précipite dans les douches. Lila cherche sa mère dans la pénombre et, un instant aveuglée, court vers la silhouette qu'elle distingue à peine.
— Maman, Maman ! Tu es encore là ! Ça fait une heure que j'attends au bar, Jérôme est parti et il n'y a plus d'ananas à presser, Hugo dit que tu as dû m'oublier !
— Mais non ma chérie, ne t'inquiète pas, j'étais juste en train de m'habiller et j'ai discuté avec une

dame qui vient de partir. J'arrive, va m'attendre dehors, prends des bonbons à la machine.
— Non, je ne veux pas être toute seule, je reste là, j'aime ton odeur quand tu as pris une douche.
Lila s'approche de sa mère et la serre dans ses bras jusqu'à faire tomber la serviette. Violette apparaît nue et tremblante devant sa fille. La douche coule faiblement derrière elles.
— Bon, d'accord. Je me dépêche et on rentre à la maison, on va retrouver Adèle, je suis sûre qu'elle t'a préparé un bon goûter !
— Non, je n'ai pas envie de goûter, mais je veux bien monter dans ta voiture et qu'on enlève le toit !
— D'accord, d'accord, ma chérie ! Allez, pousses-toi que je finisse de m'habiller. Oh, zut, Il faut que je récupère mes affaires de toilette dans la douche, non, n'y va pas ma chérie, attends !
Avant que Violette ait le temps de l'arrêter, Lila se précipite dans la douche et ouvrant la porte, tombe sur Raphaël, en short, sous le jet humide. Interloquée, elle bat en retraite. Violette se précipite et tire sa fille par la main :
— Oui, heu, les douches ne fonctionnent pas bien chez les messieurs et ils viennent les prendre chez nous quand il n'y a pas trop de monde !
La première surprise passée, Lila lève les yeux vers sa mère qui la prend par les épaules, ferme doucement la porte et l'entraîne vers la sortie, comme si de rien n'était.
— Attends-moi là ma chérie, je finis de m'habiller, et je te rejoins.

Elles arrivent près du bar. Hugo secoue le shaker. Violette le salue.
— Bonjour Hugo, toujours à pied d'œuvre, à ce que je vois, les douches ne fonctionnent pas chez les messieurs, pourriez-vous le signaler s'il vous plaît ?
— Ah bon ! C'est récent alors, il y a juste un gentleman qui vient d'en prendre une.
— Oui, c'est tout récent, insiste Violette.
— Très bien Madame, je le signale sans retard, répond le jeune barman en baissant la tête et retenant un sourire.
— À demain, Hugo.
—À demain, Madame, au revoir Lila.

Violette et Lila se dirigent vers le parking et montent dans la petite Triumph Spitfire bleue que Violette décapote prestement, provoquant les cris de joie de Lila qui, tout à son plaisir de rouler en décapotable, a déjà oublié l'incident.

Violette pousse un soupir de soulagement, ils l'ont échappé belle, un peu plus et Lila les découvrait ! Elle enclenche la première et, rassurée par les cris de joie de Lila et le ronronnement régulier du moteur, elle serre un instant les doigts sur le volant de bois verni. Puis, retrouvant son calme, elle roule doucement sur les gravillons, vers sa maison, son intérieur et son mari trop crédule.

# LA TROISIÈME ROBE :

# LE MAILLOT DE BAIN DIOR

# 7 robes et Lila

## 1

Dans la voiture, Lila s'assoupit, la radio fredonne une chanson à la mode, des deux frères d'Oasis, puis la voix gaie de Zebda envahit l'espace.
Son père, comme toujours très tendu, conduit sèchement. La petite mini s'engouffre dans la circulation particulièrement dense en ce samedi matin de week-end de Pentecôte.
Lila coule un regard vers son père. Une veine bleue bat à ses tempes, il serre les dents et maugrée contre les automobilistes qui se traînent. À peine sortis de la ville, la circulation est intense et les voitures trop nombreuses sur la route des plages. Les véhicules sont à touche-touche sur la longue route entre les pins. Il est dix heures du matin et il fait déjà chaud malgré l'heure matinale.
Lila respire l'odeur de la résine à pleins poumons. Elle entend les craquements du bois, des longs troncs des pins chauffés à blanc. Elle regarde la cime, les longues branches nonchalantes qui se balancent au soleil. Elles ressemblent à de longs bras gantés de noir qui tentent de saisir le soleil pour le supplier de moins chauffer la terre. De temps en temps, elle aperçoit un écureuil sauter légèrement de branche en branche.

L'odeur des arbres est recouverte par celle, âcre et persistante, de l'asphalte qui commence à fondre. Il fait si chaud qu'elle sent monter le malaise, la route tremble au loin, elle est en nage, la chaleur est si dense, la tête lui tourne, le ventre se tord, elle sent la chaleur monter, elle se couvre de sueur, la nausée l'envahit. Elle ferme les yeux et sent qu'elle va s'évanouir. Elle regarde à nouveau son père. Il est beaucoup trop en colère pour accepter une quelconque défaillance. Elle serre les dents avec une pensée pour son petit frère, Justin, parti dans la voiture de leur mère et qui doit rouler tranquillement en décapotable. Ils adorent partir tous les deux, avec leur mère, chanter à tue-tête sur la route, laisser le vent s'engouffrer dans leurs cheveux. À mi-chemin, ils s'arrêtent chez une amie qui les reçoit avec de la citronnade glacée, un gâteau aux amandes, de la glace à la vanille. Ils écoutent le papotage badin et animé de sa mère et sa copine, ils s'ennuient un peu. Justin compte les fourmis sur le chemin. Ils repartent après leur halte, sans se soucier de l'heure, insouciants et heureux, vers l'appartement au bord de l'eau.

Mais ce matin, leur mère n'a pas résisté à la demande de son père que Lila l'accompagne dans une tournée chez ses clients. Elle est partie dans la voiture sèche et inconfortable, malmenée par la conduite brusque et nerveuse de cet homme toujours pressé. Son père a sa tête des mauvais jours, le teint froissé, les yeux fatigués, de grands cernes bleus ombrent ses paupières, ses joues mal rasées attestent du réveil matinal ou de la nuit trop brève. David est coutumier des insomnies qui assombrissent une humeur déjà difficile.

Ils partent voir le potier dans l'atelier de sa maison, un vieil homme ancien maître de chai de son père, à qui ce dernier rend régulièrement visite ainsi qu'à sa femme et leur fille handicapée. Lila aime le silence et l'odeur de terre mouillée qui règnent dans l'atelier. Elle aime la glaise entassée en pains, l'eau qui inonde le tour et le vase qui surgit de ce tas de terre brune, comme un miracle à chaque fois. Ce matin, Monsieur Durand a donné un tour de plus pour elle et a inscrit son nom sur le vase qui sortait du four : Lila.
Lila serre le vase dans ses mains. Leur fille handicapée, assise auprès de sa mère dans la pénombre, rit et, mutique, laisse couler un filet de bave. La vieille dame accueille toujours Lila et son père avec un sourire, une orangeade fraîche ou un verre d'eau, une friandise. Ils traitent Lila de rayon de soleil dans leur vie calme et monotone dont la quiétude rassure Lila.
Chaque fois que son père l'emmène chez eux, le tour fabrique un nouveau vase, il règne la même odeur dans l'ombre de l'atelier. Les objets occupent la même place, les gens aussi, Monsieur Durand et sa famille lui semblent éternels.
Ils repartent, Lila embrasse la joue piquante du vieil homme et ferme les yeux pour donner un baiser rapide, sans trop s'attarder, à l'infirme immobile. Elle essaie d'éviter le filet de bave sur sa joue, et

elle laisse Madame Durand à ses fourneaux, ses activités ménagères et son temps monotone et légèrement triste. Ils prennent la route des plages.
Devant le ruban de voitures sur la route, agacé et incapable de se contenir, David oblique brusquement et double par la droite. La petite voiture fait une embardée et dépasse une à une les voitures arrêtées qui forment une file ininterrompue. Lila voit les visages courroucés des passagers qui froncent les sourcils, font des gestes agacés pour prévenir l'intrus. Certains tentent de s'interposer, en vain.
Son père éclate de rire :
— Ha ! Ha ! Ha ! ils sont vraiment trop cons d'attendre comme ça, regarde comment on fait. You hou ! Et hop, on est les rois du monde !
Il accélère. La petite voiture file sur la bande étroite et caillouteuse, à droite des véhicules. Les automobilistes se serrent parfois pour l'empêcher de passer, mais il se faufile habilement et réussit à tirer son épingle du jeu. Il s'amuse beaucoup de son petit jeu, en infraction délibérée au code de la route. Il arrive enfin vers le croisement et la petite route qui les emporte loin du trafic, sur la commune du Porge.
Son père sourit, ravi du bon tour joué à « tous ces cons » respectueux du code de la route. Lila est soulagée, la route apparaît plus dégagée sur ce tronçon. Elle déteste quand son père fait ce genre de choses, prend des risques et lui fait peur. Le long ruban d'asphalte serpente entre les forêts de

pins. Elle se rendort un peu espérant que la nausée va s'apaiser. Malheureusement, le malaise s'intensifie. Elle entend le rire de son père qui se moque d'elle. Le son aigu et strident lui vrille les tempes et pénètre dans ses oreilles. Elle ferme les yeux. Le rire résonne et envahit sa tête, jusqu'à exploser dans son cerveau. Une vitre qui se brise et dont les éclats explosent en mille morceaux, se fichent dans sa tête, et lui écorchent la peau. Elle se sent mal, poursuivie par ce son discordant dont elle ne peut se débarrasser.

Pour faire cesser le vertige, elle se tourne vers lui :

— Papa, j'ai mal au cœur

— Oh non, s'il te plaît ! Tu ne vas pas vomir au moins ?

Inquiet, David ralentit, tourne la tête vers sa fille. Il perd un instant le contrôle et sur la route toute droite, la voiture mord le bas-côté. La roue avant plonge dans le fossé et la Mini pique du nez dans la tranchée pleine d'eau, immobilisant sa course. Le moteur fume. Lila ouvre sa portière et vomit. Le rire a disparu, il a cessé de la poursuivre, elle souffle et malgré sa nausée, obtient un moment de répit.

Furieux et dépité, son père jaillit de l'habitacle. Il pose le pied sur le talus aux herbes folles. Les fossés bordant la route de chaque côté sont remplis de l'eau du dernier orage. David peste et tempête. Lila s'extirpe de la voiture et respire l'air embaumé. Un grand calme les entoure. Elle lève les yeux vers les grands arbres qui se balancent et semblent l'accompagner de leurs branches graciles. Le soleil fait miroiter les cimes et les aiguilles laissent s'échapper un parfum de résine légèrement âcre. Le pollen qui s'attarde tombe sur sa jolie robe blanche et colore de jaune le coton immaculé. Lila sourit. Les arbres sont ses amis, elle se sent rassurée dès qu'elle est dans la forêt. Elle entend les sous-bois qui fourmillent d'une vie frétillante et discrète. Le hérisson qui se terre, mais fait craquer les brindilles dans sa recherche de nourriture, le geai aux ailes si bleues, perché sur une haute branche, la pie au costume de gala qui jacasse et penche la tête pour regarder ces passagers bizarres et éphémères. Chacun des habitants signale aux autres les intrus qui dérangent l'organisation sous-terrain de la forêt. Lila, étourdie mais soulagée de ne plus être dans l'espace confiné de la petite voiture, respire à pleins poumons l'air matinal déjà saturé de chaleur.

Les voitures, doublées sur la route il y a quelques instants, les dépassent tranquillement sans s'arrêter. Des sourires, des hochements de têtes. Il y a une justice en ce bas monde. Une berline blanche se place à leur hauteur, le conducteur ouvre la fenêtre et d'une voix goguenarde leur lance au milieu des rires moqueurs des occupants :
— Ha ! Ha ! On est moins pressé maintenant, hein ? avant d'accélérer et de disparaître derrière le virage.

David ne réplique pas, serre les mâchoires et crispe les poings autour du volant. Lila redoute le calme de son père avant la tempête.
— Ils me font chier ces péquenots, ces peigne-culs avec leurs bagnoles de merde, qui partent le dimanche pour aller promener bobonne au bord de la mer, et les gniards avec. J'en ai plein le cul de tous ces cons, ras le bol de leurs remarques de merde, fait chier, fait chier, fait chier… Connards, va… je vais les tuer tous ces cons !

De la musique à plein volume, à son bord cinq visages hilares, des cheveux longs, une deux-chevaux s'arrête à leur hauteur. Lila, assise sur le bas-côté, se masse les chevilles. Une jeune fille sort et, avisant la petite fille :
— Tu as mal ? Vous avez eu un accident, on peut vous aider ? Attends, je suis infirmière, je vais regarder si tu es blessée, et se tournant vers l'intérieur de la voiture immobilisée sur le côté :
— Allez les gars, bougez-vous, on va les aider !
La voiture se gare devant celle de David et cinq jeunes gens s'extirpent du véhicule surchargé en riant. David s'approche et dit en se passant la main dans les cheveux d'un geste las :
— Oui, oui ! J'ai… euh... dérapé et la voiture s'est plantée dans le fossé, si vous pouviez me donner un coup de main, ce serait sympa. Merci beaucoup
— Vous n'êtes pas blessé au moins ?
— Ah ! C'est vous qui doubliez par la droite tout à l'heure ?

— Cool man…but…now…
— Oh ça va Marianne, mademoiselle la moralisatrice, c'est carrément chiant d'être à touche-touche derrière, si j'avais pu, j'aurais fait pareil.
— Ah ouais ! Ben toi, évidemment, dès qu'il s'agit de contourner la loi, tu es trop fort, mais regarde où ça mène.
— Mouais, bon ! C'est surtout que je tiens à mes points. Bon, en attendant, on va soulever la voiture et la remettre sur la chaussée.
— Et toi, ça va jeune fille, tu as mal au ventre ?
— Non, non ! Ça va, elle a mal au cœur parfois.
— Ah oui, il fait si chaud ! C'est insoutenable, on va soulever la voiture et vous remettre sur la route. Allez ! À la une…, à la deux…, à la trois… et hop !
Unissant leurs efforts, trois jeunes gens et David remettent la Mini sur l'asphalte brûlant.
— OK ! Merci beaucoup, c'est gentil à vous, merci encore ! David, penaud, exagère les remerciements.
— Tiens ma puce, prends un peu d'eau, ça fera passer ton malaise.
La jeune fille tend une bouteille d'eau à Lila. La petite fille boit quelques gorgées d'une eau fraîche et se sent mieux.
David remercie encore d'un signe de la main, la deux-chevaux s'éloigne aux accents cassés de la voix d'Iggy Pop.
Lila monte à côté de son père et sourit.
— On ne dira rien à ta mère ?

— Non !
— Ce sera notre petit secret !

Son père pose sa main sur le genou de Lila qu'il presse tendrement. Il enclenche la première et docilement, la voiture regagne la route et s'engage vers la mer.
Les arbres se balancent et laissent échapper un souffle qui accompagne la course du véhicule.
La petite fille, soulagée, se renverse sur son siège, laisse courir son regard vers le ciel, et bercée par la course des nuages, s'endort.
Ils arrivent sur la petite route qui mène à l'immeuble en bordure de mer où David a acheté un appartement l'année dernière.
Avant d'arriver sur la plage, sur la droite, cachée par un cèdre immense et tout tordu, se dresse une petite chapelle colorée et baroque. La petite église, d'inspiration mauresque, surgit au milieu des pins. Son père, catholique pratiquant, très croyant et très pieux, assiste à l'office tous les dimanches. Il emmène souvent Lila avec lui avant d'aller acheter des gâteaux pour le repas dominical.
David se dirige vers la petite église blanche et jaune, en bordure de plage. Elle appartenait jadis à la grande villa voisine construite par un riche marchand dans un style mauresque, typique, comme c'était la mode au siècle dernier. Laissée un temps à l'abandon, celle-ci a été rachetée, en ruines, par David et une dizaine de personnes.

Détruite, elle a été remplacée par un immeuble moderne.
Il ne reste que la chapelle, témoin de ce que fut cette demeure. On dirait une petite mosquée adossée à un ancien palais des mille et une nuit, version Barbie, étant donné sa petite taille. Lila cligne des yeux, suit son père et les derniers fidèles qui se pressent pour entrer.
L'église est presque pleine. Lila aimerait bien rejoindre sa mère et son frère dans l'appartement, se mettre en maillot de bain et aller chercher des crabes ou piquer une tête dans le Bassin d'Arcachon, mais elle n'ose pas décevoir son père. Elle lève les yeux vers lui. Il marche à grandes enjambées, la petite fille peine à se maintenir à son niveau. Il lui prend la main et pénètre dans l'église. Le service religieux commence juste. Une odeur d'encens saute à la gorge de la fillette qui sent la nausée revenir. Elle serre les dents, elle ne veut pas vomir et se donner en spectacle devant tout le monde. Elle ferme les yeux, suit son père qui se faufile dans une rangée où les gens se poussent pour leur faire une place, en bout de rang.
C'est le début de la messe, les chants liturgiques éclatent dans l'enceinte bondée. Il fait très chaud dans la chapelle. Comme dans un rêve, Lila entend les voix, comme étouffées par une chape cotonneuse, qui enveloppe sa tête. Elle suit de loin le déroulement de l'office. Le sermon parle de Jésus et de Job, des pauvres et des riches, de donner ou pas, de ce que Jésus donne et reprend.

Étourdie par la profusion de mots, elle se laisse aller contre l'épaule de son père, à demi consciente. Le service religieux avance. Une femme vigoureuse et très en formes dans sa jupe beige et son corsage blanc dirige fermement les chants et fait les gros yeux à la petite fille qui ne chante pas. Lila fait un effort pour se concentrer et empêcher la musique d'entrer dans ses oreilles et d'éclater dans sa tête pour rejoindre le rire de son père.
Elle tente de contrôler la sensation de malaise qui s'amplifie. Les sons discordants se sont donné rendez-vous sous son crâne pour lui jouer des tours, faire une sarabande endiablée et lui brouiller l'esprit. Elle ferme les yeux pour arrêter le flux. Elle repense aux grands arbres qui se balancent dans le silence de la forêt, les sons se calment et s'apaisent pour n'être qu'un murmure et disparaître presque tout à fait.

À la communion, son père décide de quitter l'église pour échapper aux connaissances qui ne manqueraient pas de le saluer. Soulagée, Lila lui emboîte le pas. Enfin libres, ils quittent l'église. Elle parcourt les quelques mètres qui la séparent de l'entrée de leur immeuble à pied. En entrant dans l'appartement, elle a un haut-le-cœur et vomit l'eau qu'elle a avalée. Sa mère, venue l'accueillir, jette un regard courroucé à David :
— Tu as encore conduit trop vite et elle est malade, tu sais bien qu'elle ne supporte pas la voiture !

— Oui et en plus, nous avons eu un petit dérapage, la voiture est allée dans le fossé.
— Vous n'avez rien, personne n'est blessé au moins ?
— Non, non, tout va bien ! Nous n'avons rien, la voiture non plus d'ailleurs.
Lila se love dans les bras de sa mère, cherchant un peu de réconfort. Le parfum de pain d'épices de sa peau bronzée fait refluer les sons de sa tête. Justin joue aux Legos dans la chambre.
— Maman, j'ai vomi dans la voiture et j'ai entendu Papa rire.
— Oui, j'ai vu ma chérie, tu as entendu ton père rire quand vous avez eu l'accident ?
— Oui.
Lila, penaude, un peu inquiète, tente d'alerter sa mère : « Je l'ai entendu… dans ma tête », dit-elle à voix basse.
Lila finit sa phrase dans un souffle dont sa mère n'entend pas la fin.
Justin jaillit de la chambre, déjà en maillot de bain, la bouscule.
— Tu viens, on va jouer aux Legos.
— Allez jouer tous les deux, je vais préparer une salade, on ira à la plage et faire un tour de bateau en fin d'après-midi.
Lila suit son frère dans la chambre, sa mère s'active dans la cuisine, tout est sous contrôle, le week-end peut commencer.

## 2

Le bateau se balance au bout de la chaîne, tout blanc. David se lance dans l'eau pour aller le chercher. Lila est sur la plage avec Justin et sa mère qui papote avec une amie et son mari, Bernard.
Il fait extrêmement chaud ce dimanche matin, quelques fins nuages griffent le ciel d'un bleu azuréen, à peine un peu de vent, Lila lit vaguement un album de Mickey tandis que Justin est parti avec son seau chercher des crabes au bord des parcs à huîtres.
Violette se lève, vêtue de son maillot orange et jaune à franges. Lila lui envie sa poitrine généreuse qui attire les hommes ainsi que son attitude gaie et enjouée. Bernard suit Violette et joue avec elle. Il la prend dans ses bras, l'enlace, la fait tourner autour de lui, l'embrasse dans un jeu sensuel et provoquant. La plage est déserte, c'est l'heure du déjeuner, il fait très chaud. Les familles ont trouvé refuge sous les arbres devant la petite chapelle dont Lila regrette l'ombre apaisante. Elle regarde les pitreries de Bernard. Elle éprouve une certaine gêne devant les mimiques, les blagues et les parades teintées de sensualité et de provocations voilées de sa mère et son ami. Lila se demande pourquoi le mode d'expression préféré de Violette est toujours la séduction. Pourquoi sa mère a-t-elle toujours envie de séduire n'importe quel homme ou femme qui passe à sa portée ? Lila a du mal à

supporter ça, elle préfère l'attitude plus réservée de Mado ou celle plus maternelle de certaines amies de sa mère. Pourquoi Violette transforme-t-elle systématiquement chaque homme qui lui sourit en un gibier potentiel, se demande l'enfant. Pourquoi Violette ne peut-elle s'empêcher de faire ça, jouer ce jeu bizarre qui fait disparaître Lila et tout ce qui n'est pas l'homme chassé. Pourquoi Violette a-t-elle la maladie de vouloir être aimée, par chaque homme qui passe à sa portée, envers et contre tout.

Sa mère joue avec Bernard dont la femme regarde la scène avec amusement. Soudain, Violette enlève son soutien-gorge et le lance en l'air. Bernard l'attrape au vol et l'envoie en haut d'un piquet de parc à huîtres. Un éclat de rire de Violette ponctue le geste.
Violette, à demie nue, saute et essaye d'attraper les petits triangles de tissu qui tournoient autour du piquet, les franges balayent le bois délavé. Lila s'approche et lève le nez, comme un ours vers un pot de miel. Le soutien-gorge s'est immobilisé, accroché tout en haut, troublante bannière étincelante, étendard bariolé d'une féminité affichée, il pend, seul.
Violette rit un peu trop fort, tentant mollement d'attraper son maillot.
Bernard fait mine d'aller se baigner et de se désintéresser de la scène.

# 7 robes et Lila

Violette se voile la poitrine d'un geste faussement pudique et regarde alternativement sa fille et le petit carré de tissu jaune qui pend, inutile, en haut du piquet.

— Allez Bernard, arrête maintenant ! David va revenir avec le bateau, il faut embarquer, récupère mon maillot s'il te plaît !
Bernard, docile, fait un signe de la main à la petite fille. Lila, curieuse, s'approche de l'ami de sa mère. Il la soulève, la pose sur ses épaules et la hisse jusqu'en haut du piquet.
— Vas-y Lila, attrape le maillot de ta mère.
Lila, indécise et ravie, se penche et décroche le graal maternel.
— Bravo Lila, tu es super forte !
Bernard dépose à terre la petite fille ravie. Elle tient son trophée, toute fière, entre ses mains, heureuse d'avoir réussi à sauver sa mère. Soudain, Lila attache le maillot autour de sa poitrine. Bernard, goguenard, la regarde, il va relever la cocasserie de la scène, mais, prenant soudain conscience du plaisir grave de la fillette, il se ravise.
— T'inquiète, ma puce, tu en auras une belle poitrine comme ça, toi aussi, ça pousse très vite aux filles, dès qu'il faut les éloigner de leur père... Tu seras la plus jolie jeune fille de la plage dans quelques années.
— Je veux pas, je veux pas être la plus jolie fille de la plage, je veux pas avoir de gros lolos, je veux jouer avec Justin.

# 7 robes et Lila

— Lila, Justin, on embarque. Allez, allez, dépêchez-vous !
Violette se tourne vers sa fille et éclate de rire à la vue de Lila qui arbore fièrement son soutien-gorge.
— Donne ma chérie, tu n'en n'as pas encore besoin, profites-en, c'est casse-pied à porter, quand tu seras grande, tu en auras un toi aussi.
Lila se renfrogne et répète à sa mère :
— Je veux pas, je veux pas être grande.
— Ha ! Ha ! Ha ! Tu le seras pourtant un jour, ma chérie, personne n'arrête le temps, mon ange.

Lentement, Lila dégrafe le soutien-gorge et se tourne vers son père qui, à bord du bateau qu'il est allé chercher, arrive au bord de la plage et regarde la scène.
Violette s'approche et reprend le haut de maillot.
David lui tend la main et dans un geste élégant, la hisse à bord.
Lila entend les éclats brisés du rire de son père, mais son père parle avec Bernard des mérites comparés de leurs deux bateaux.
Lila cligne des yeux et le rire s'estompe. Justin, hissé par les adultes sur le bateau, appelle sa sœur :
— Lila, Lila, viens, viens jouer avec moi sur le bateau, tu sais, j'aime pas être seul sur un bateau, j'ai le mal de mer.
Lila s'approche du plat bord à l'avant du hors-bord. Elle s'installe, assisse sur le bastingage et laisse pendre ses jambes à l'extérieur ; fouettée par les

embruns, elle devient une figure de proue vivante. Elle aime être là, exposée aux soubresauts du bateau lorsqu'il tape sur les vagues et rebondit brutalement selon l'habileté du pilote et l'état de la mer. Elle adore se trouver avec Justin qui lui, moins rassuré, ne tarde pas à rejoindre la plage arrière, plus protégée.
David fait faire un large arc-de-cercle à son embarcation et met le cap sur le fond du bassin, vers l'Île aux Oiseaux.

L'image de Justin s'efface, Lila est seule sur le bateau avec les adultes qui s'amusent et rient autour d'elle.
Justin est mort il y a un an déjà.

### 3

Justin est mort l'année dernière, au cours d'une journée ordinaire, à la plage du Grand Crohot. Ce jour-là, toute la famille est réunie pour une journée à l'océan. Justin a sept ans. Comme toujours lorsqu'ils vont à l'océan, il porte ses flotteurs à chaque bras. David le tient dans les bras. David pratique le surf, il connaît les vagues depuis son enfance. Il connaît les courants par cœur. Il a surfé sur chaque plage de la côte. Les courants de baïne à marée basse lui sont familiers, il en sait le danger. Ils se sont avancés dans les vagues pour jouer. David reste prudent, il tient son fils sur sa planche. Justin admire son père et il essaie déjà de

se tenir debout sur la planche de débutant, une Morret, en mousse, très stable sur les petites vagues du bord de l'eau. Ils ont pratiqué ça des dizaines de fois ensemble et David est un professeur infatigable. Il est dans l'eau, à côté de son fils, et il lui enseigne comment ramer, se laisser porter par la vague et lorsqu'on est sur le sommet, à la crête, se lever rapidement et descendre le flanc liquide, d'abord tout droit et tourner ensuite.
Ils ont fait ça encore et encore, avec et sans planche, ils ont pris les vagues en body, laissant les vagues les ramener jusqu'au bord là où il n'y a que quelques centimètres d'eau. Puis Justin a pris sa planche et avec son père à ses côtés, a pris quelques rouleaux, seul.
Violette s'est approchée pour ramener Justin sur la plage, elle porte une serviette pour le réchauffer au soleil. David la renvoie en lui disant qu'ils n'ont pas froid et qu'ils vont encore prendre quelques vagues, puis qu'ils rentreront. Violette tourne les talons, maugréant contre son mari qui ne fait pas attention au froid pour un petit garçon.
David et Justin s'amusent encore, ils plongent ensemble sous les vagues pour éviter les plus fortes. David adore ça et Justin rit aux éclats dans les bras de son père. David n'oubliera jamais l'éclat de rire de son fils et son plaisir à partager ces plongées marines avec lui.

Soudain, Lila arrive au bord de l'eau. Elle se dirige vers son père en riant, certaine qu'il va l'attraper.

David lui crie de retourner sur le bord, qu'il ne peut pas s'occuper de deux enfants à la fois. Lila n'entend pas ce que dit son père, elle s'avance encore et perd pied quand une vague plus forte que les autres déferle et la soulève. Elle boit la tasse, se débat, va couler quand David la rattrape à bout de bras, la tire à lui et nage pour la ramener sur le sable. Il a juste le temps de laisser Justin sur sa planche de mousse. Il explique à sa fille qu'il va revenir la chercher quand Justin aura fini avec sa planche, Lila refuse :

— Non, je veux pas, je veux aller avec toi, je veux faire du Morret moi aussi, pourquoi tu t'occupes que de Justin, pourquoi je fais pas du surf moi aussi avec toi ?

David n'a pas le temps de répondre, il se tourne vers la planche de Justin qu'une vague plus forte que les autres a projetée vers le large. Au moment où David regarde, Justin ne se trouve plus sur sa planche qui revient vide au bord de l'eau, drossée par les vagues. David se relève dans l'écume et réalise immédiatement que Justin n'est plus à ses côtés. Il se précipite et voit devant lui, à une cinquantaine de mètres, l'enfant entraîné par le courant. C'est une vague de hauts fonds, un courant de baïne, une de celles que l'on redoute le plus, dont on parle pour s'en défier, qui tire très fort vers le large. Il faut, pour s'en sortir, être un nageur accompli, se laisser emporter vers le large sans lutter pour éviter de perdre des forces inutilement et, une fois au large, nager, sortir du courant et

regagner la côte, parfois assez loin du point de départ.
Le petit garçon ne sait pas ça. Il flotte un moment au-dessus de l'eau, il fait le bouchon, petite tête noire entre ses deux flotteurs, emporté par le courant, il dérive à toute vitesse vers le large. David se jette dans le flux descendant et nage de toutes ses forces pour le rattraper. Il parvient juste derrière l'enfant. Il se dit qu'il a ses flotteurs, qu'il ne risque rien, il va nager, il faut juste qu'il tienne quelques minutes, le temps pour son père de parvenir jusqu'à lui. Il hurle :
— Justin, je suis là, je suis derrière, j'arrive.
Il crawle et tente de regagner les quelques mètres qui le séparent de l'enfant. Il y est presque, il va réussir à le toucher. Mais Justin, emporté par le courant qui forcit, tournoie et tente de surnager quand un de ses flotteurs se dégonfle. David s'affole et essaie de soutenir son fils.
— J'y suis, j'arrive, accroche-toi mon poussin, j'arrive.
David boit la tasse et ne peut terminer sa phrase.
Justin perd un flotteur, arraché de son bras par une vague plus forte que les autres. Déséquilibré, paniqué par le tourbillon qui l'emporte, Justin tente de rester au-dessus de l'eau. David palme avec l'énergie du désespoir pour regagner les quelques cinquante mètres qui le séparent de l'enfant qui tournoie dans les remous.
Submergé par les tourbillons, Justin boit la tasse. David est à quelques mètres. Il voit son fils faire le

bouchon, sa tête affleure l'eau, il n'a qu'un flotteur, il bat des bras pour se maintenir hors de l'eau, ses mouvements sont désordonnés, il s'affole, tournoie dans les remous et boit de plus en plus souvent la tasse.
David tente désespérément de le rattraper. Malgré son entraînement de surfeur, il ne peut pas nager plus fort. Il ne parvient pas à rattraper les quelques mètres qui le séparent de son fils. David le perd de vue dans les tourbillons et les vagues. Épuisé, David perd de la vitesse et la distance entre lui et Justin augmente.
— Non, non, je suis là mon chéri, j'arrive !
David hurle, mais l'océan couvre sa voix, il ne sait pas si Justin l'entend. Il ne le voit plus. David continue de palmer après l'enfant qui a disparu. Il nage encore, à bout de souffle, refusant d'abandonner. Seuls les tourbillons d'écume et le grondement des vagues lui répondent.

Violette, qui a assisté à la scène depuis la plage, part en courant jusqu'au poste prévenir les secours. Ceux-ci démarrent aussi vite qu'ils peuvent le scooter des mers. Ils envoient un homme avec une combinaison et des palmes qui, très vite, rejoint David et lui porte secours. David refuse tout d'abord de monter sur le scooter puis, épuisé, accepte. Ensemble, ils cherchent l'enfant qui a disparu.
Tout le monde fait son possible, mais Justin, sept ans, se noie en quelques minutes sous les yeux

horrifiés de ses parents. David, épuisé est remorqué pour regagner le rivage. Il refuse d'abandonner et repart, contre l'avis des sauveteurs, sur le scooter. Un second maître-nageur équipé de palmes se joint à eux pour leur prêter main forte. L'hélicoptère qui a décollé de sa base distante de deux kilomètres, arrive à son tour pour leur prêter main forte. Jusqu'à ce que, fatigués et transis de froid, ils reviennent sur la plage, espérant encore que l'hélicoptère ou le scooter qui se relaient, en des rondes incessantes, ramèneront Justin.

Les maîtres-nageurs de la plage voisine, prévenus par téléphone par un touriste qui assistait à la scène, sont arrivés en renfort quelques minutes plus tard et ont dépêché le bateau semi-rigide qui apporte un soutien côtier. Ils sillonnent la côte à la recherche du corps de Justin, mais c'est un jour où les courants sont extrêmement forts et au large, les remous et les vagues empêchent une bonne visibilité. Les recherches restent sans succès.

Pendant que son père se jette à l'eau et que sa mère court avertir les sauveteurs, Lila repart sur la plage, vers l'ombre du parasol.

Lila cherche à retrouver la serviette et le parasol de ses parents, mais elle n'y parvient pas. Elle se trompe et arrive près d'un parasol qui a la même couleur que celui de ses parents. Seule sur la plage au milieu de dizaines de personnes, elle se frotte les yeux et part, hagarde, en direction de la mer. Elle est perdue. Elle se met à pleurer parce

que le sable chaud lui brûle les pieds et qu'elle ne voit ni son père ni sa mère. Lila s'arrête à côté d'un parasol rouge, comme le leur, fascinée par un papa qui creuse un immense trou pour ses garçons et construit avec eux un énorme château de sable que la mer qui monte ne tarde pas à éroder.
Lila reste immobile à côté de la famille. La mère des enfants, venue voir si tout va bien, se rend compte que la petite fille est perdue.
— Bonjour, comment tu t'appelles ?
Lila lève la tête et cligne des yeux dans le soleil. Elle ne répond pas tout de suite car sa maman lui a interdit de parler aux inconnus, mais la dame semble gentille, alors, au bout d'un moment, elle répond :
— Lila.
— Et tu es toute seule, Lila ?
— Non, y'a ma maman, mon frère et mon papa.
— Ah, et ils sont où ?
— Par-là.
Lila se tourne et indique vaguement une direction, derrière elle. La jeune femme sourit et gentiment, lui offre du pain avec du chocolat. Puis elle lui dit :
— Viens, on va aller les chercher.
La jeune femme lui prend la main et après avoir vainement cherché la serviette des parents de Lila, emmène la petite fille au poste de secours.
Elles tombent sur l'effervescence provoquée par la recherche de Justin. La mère de Lila, seule, est perdue au milieu des secouristes qui ne savent pas quoi dire à cette jeune femme désespérée. Les

talkies walkies crachent leurs informations inaudibles, Violette est debout, tenue à l'écart par les MNS, elle se ronge les ongles d'angoisse. On espère encore ramener Justin vivant.
Lila arrive sur ces entrefaites et voyant sa mère, se précipite en lâchant la main de la jeune femme.
Violette reste interdite et sans réaction devant sa fille. Un jeune secouriste la prend par la main et la serre très fort dans ses bras. Violette revient sur terre et prend Lila dans ses bras. Elle l'embrasse jusqu'à l'étouffer.
— Qu'est-ce qu'il y a Maman, où est Justin ? Et Papa ?
Violette, les larmes aux yeux, ne peut pas répondre, puis, elle se ressaisit.
— Ils vont arriver ma chérie, ils sont dans l'eau, ils vont revenir… Violette s'assoit et Lila se presse à ses côtés, dans ses bras. Elle pleure à la vue du visage bouleversé de sa mère.
Elles attendent.
Le zodiac revient le premier. Les sauveteurs rentrent bredouilles. Violette sent l'angoisse monter de plus en plus et l'étreindre ; le cœur serré, Lila, accrochée à elle, elle n'ose pas se lever et reste avec sa fille dans les bras, assise sur le sable.

## 4

David arrive ensuite sur le scooter, incapable de prononcer une parole, il s'enferme dans son mutisme. Les secouristes l'enveloppent d'une couverture de survie, il sombre dans un état de semi-conscience, épuisé, à la limite de l'évanouissement, mais bredouille. L'hélicoptère l'emporte vers la clinique la plus proche.
Violette ne comprend pas que l'on ne lui ramène pas son fils :
— Il est où ? Vous ne le trouvez pas ? Cherchez-le, cherchez-le encore, il faut le trouver, je suis sûre qu'il n'est pas loin, vous allez le trouver n'est-ce-pas ? Il est surement quelque part, il porte ses flotteurs, il ne peut pas...ce n'est pas possible... vous allez le ramener...
— On cherche, Madame, on cherche. Venez, nous allons vous conduire auprès de votre mari à la clinique.
— Non, je refuse, je veux rester là, vous allez peut-être le retrouver, il a ses flotteurs, il sait nager, il aura froid quand il sortira de l'eau, il faut que je reste là, il aura froid...
Violette n'achève pas sa phrase, les sanglots l'étouffent.

Les secouristes ne répondent pas, les talkies-walkies crachent des informations négatives. Peu à peu les, équipes rentrent, bredouilles.

# 7 robes et Lila

Le corps de Justin sera retrouvé sans vie deux heures plus tard par le scooter reparti pour une dernière patrouille, sur la grève, à plusieurs kilomètres, emporté par les courants. Un touriste appellera pour prévenir les gendarmes de sa découverte macabre.
Deux gendarmes se présentent à la clinique et demandent à parler à la famille Deschamps. Le plus gradé porte la main à son képi et se décoiffe. Violette se précipite et tente de faire sortir Lila qui résiste :
— Viens Lila, sortons.
— Non, je veux pas, je veux pas sortir.
Lila s'accroche à sa mère qui se retourne vers les gendarmes, avec un signe de tête.
— Madame, Monsieur, je suis désolé, le corps de votre petit garçon a été retrouvé sur une plage, noyé. Malheureusement, nous n'avons pas réussi à le ranimer, je vous présente…
— Noooon ! Noooon !
Violette se précipite en hurlant et s'effondre.
David ferme les yeux. Violette se jette contre lui, le martelant de ses poings fermés :
— C'est de ta faute, tu ne l'as pas surveillé, c'est de ta faute. Oh mon Dieu ! Mon fils, mon bébé, non, ce n'est pas possible, c'est un cauchemar je vais me réveiller… Il n'est pas, il n'est pas…
Violette s'affale sur une chaise en pleurant.
— Et toi, si tu avais surveillé ta fille, elle ne serait pas venue et je n'aurais pas eu à la ramener, je

l'aurais pas lâché... lui..., je l'aurais pas lâché ! David ne peut achever sa phrase, il explose en sanglots.

Lila entre ses parents qui se disputent et les gendarmes qui se dandinent d'un pied sur l'autre, mal à l'aise, pleure, elle aussi, sans tout à fait comprendre le drame qui se joue. Elle pleure à gros sanglots muets, de grosses larmes qui tombent silencieusement et s'écrasent sur le sol. Elle s'avance timidement vers sa mère, mais celle-ci reste prostrée, sanglotant la tête dans ses mains.

Les infirmières entrent dans la chambre, séparent les parents et administrent à David un sédatif. Le médecin appelé sur place propose de garder Violette en observation.

— Madame, je suis désolé, je vous présente mes condoléances. Vous pouvez rester ici avec votre mari pour cette nuit, ce serait mieux sans doute. Il n'y a pas une grand-mère qui peut venir s'occuper de cette jeune fille ?

— Non, je vous remercie, je... je vais rentrer, je vais m'occuper de ma fille.

— Au moins, ne restez pas seule, appelez quelqu'un de votre famille ou une amie pour être avec vous.

— Mon mari ne va pas sortir maintenant ?

— Non Madame, il est préférable pour lui de rester une nuit, hospitalisé, il pourra sortir demain matin, si tout va bien.

David refuse.
— Je ne veux pas rester ici, je dois rentrer auprès de ma femme et ma fille.
— Non, ce n'est pas raisonnable, vous devez vous reposer, vous avez subi un énorme choc émotionnel, je préfère vous garder en observation.
— Il n'y a rien de raisonnable, Docteur, dans cette situation. De toute façon, je sors, avec ou sans votre accord !
— Comme vous voulez, mais ce sera sans, il faudra signer une décharge, pour une sortie contre avis médical !

Le brigadier reprend la parole :
— Euh, je suis désolé, mais il faudra que l'un d'entre vous vienne reconnaître le corps.
David et Violette se regardent, Violette reprend la parole :
— Oui Sergent, nous irons demain, si vous voulez bien.
— Bien Madame… Le brigadier hésite… C'est que… le corps se trouve dans la chambre funéraire...
— Et…
Le brigadier lève la tête, croise le regard éperdu de Violette, et termine dans un souffle :
—Et c'est à côté, dans la clinique…

Violette écarquille les yeux, incrédule, les mots parviennent à ses oreilles mais sans leur sens, comme des bulles sortant de la bouche du

brigadier. Elle se lève, prend Lila contre elle et l'enveloppe de ses bras, lui bouchant les oreilles.
David se lève avec difficulté du lit blanc :
— Tu viens ?
— Oui, j'arrive.
Les policiers quittent la chambre. Violette prend Lila par la main et sort, laissant David signer les papiers de sortie de la clinique, et les rejoindre pour rentrer chez eux. David arrive en clopinant, il a mal aux jambes d'avoir nagé aussi longtemps, avec tant de force. Il prend sa femme par le bras et la serre très fort. Violette se retourne :
— Tu fais quoi là ?
— On va aller le voir.
— Mais… et… Lila ?
— Elle vient avec nous.
— Non, non, sûrement pas, on va la ramener à la maison, ensuite on reviendra le voir.
— Je veux le voir, je veux voir mon fils, maintenant !
David serre la mâchoire et augmente la prise sur le bras de Violette qui bleuit. Violette se campe sur ses jambes et, décidée à résister coûte que coûte, lui fait face.
Lila les regarde alternativement et se met à pleurer. David serre encore plus fort, obligeant Violette à se courber de douleur, il grimace :
— Je ne peux pas partir sans l'avoir vu. Je dois le voir, c'est moi qui l'ai perdu, c'est de ma faute, il faut que je le vois... que je... je lui demande pardon, de… tout…tout est de ma faute... Oh mon Dieu !

— Lâche-moi, David, arrête, tu me fais mal ! On va demander à une infirmière de garder Lila, pour aller le voir, lâche-moi !

David, aussi soudainement qu'il avait commencé, lâche le bras de Violette et baissant la tête, attend, les bras ballants.
Violette se détourne, masse son bras. Elle sort dans le couloir et avisant une infirmière, demande :
— Euh, bonjour Madame, nous voudrions aller voir notre fils, pourriez-vous garder notre petite fille Lila s'il vous plaît ?
— Ah, bonjour Madame, vous êtes la maman du petit... qui... euh, non, malheureusement, nous ne pouvons la garder, nous sommes en sous-effectif, mais si vous voulez, vous pouvez demander à l'accueil, elle pourrait rester et vous y attendre.
— Oui, merci, mais je ne veux pas la laisser seule ! Bon écoute David, on va la ramener à mes parents et on reviendra, c'est l'affaire d'un quart d'heure, c'est mieux pour elle, s'il te plaît.
David se tourne vers elle, furieux, mais devant l'air apeuré de Lila, il capitule.
— OK, mais on revient tout de suite !
—OK.

## 5

Lila erre au milieu des quelques personnes qui entourent Violette et David. Violette a prévenu Adélaïde et André, sa mère et son père. David, rendu fou furieux par son impuissance, a téléphoné à Raphaël et Mado, alternant les phases de colère et de désespoir.
Raphaël est arrivé le premier, Mado, retenue à son atelier, ne devrait pas tarder.
Les trois adultes tentent de prendre soin de Violette et David, dévastés par le drame.
Adélaïde a emmené un ouvrage de couture et reste assise en compagnie de Violette qui, prostrée, ne dit pas un mot.
Lila, son lapin en peluche dans les bras, suit sa mère pas à pas, ne sachant que faire.
Adélaïde range son ouvrage et décide de prendre la situation en main :
— Viens ma chérie, on va faire à manger, qu'est-ce que tu dirais d'une omelette, hein ? Allez, tu vas m'aider à casser les œufs.
— Oui mais avec Lapinou, il est triste tout seul.
Adélaïde s'éloigne en direction de la cuisine accompagnée de sa petite fille.
Violette lève la tête, les yeux pleins de larmes et s'adresse à son mari :
— Il faut aller reconnaître le corps, David.

L'enfant gît, allongé sur un lit aux barreaux de métal froid et luisant, enveloppé dans un drap blanc.
Le médecin accompagne David et Violette auprès du petit corps. Il se penche et soulève le drap.
Justin a les traits plissés par l'eau. Des algues, des petits coquillages, des crabes morts et secs, du sable dans les cheveux, font une couronne autour de sa tête. Une boucle brune tombe sur son front. Ses yeux fermés lui donnent l'air de dormir. On dirait qu'il va se réveiller.

Violette chancèle et se raccroche à la main de David.
— C'est lui, c'est notre bébé. Oh mon Dieu, Justin !
Violette fond en larmes. David, les pupilles dilatées, hoche la tête :
— Oui, c'est bien mon fils… notre fils.
Le médecin hoche la tête, désemparé devant la douleur des parents.
Violette s'approche du petit corps et veut le prendre dans ses bras. David l'arrête. Elle le repousse.
— Laisse-moi, je veux l'embrasser, une fois encore, s'il te plaît !
Le médecin retient David et acquiesce.
— Je vais vous laisser avec lui, prenez le temps qu'il vous faut, je suis à côté, j'attends, restez aussi longtemps que nécessaire.

Le jeune médecin, bouleversé, sort dans le couloir et s'assoit sur une chaise. Il se prend la tête entre les mains. C'est la première fois qu'il annonce un décès à des parents, la première fois qu'il annonce le décès de leur enfant à des parents.

David et Raphaël fument un joint sur la terrasse.
David lève la tête, regarde son ami, les yeux embués, les pupilles élargies, totalement défoncé.
Raphaël, aussi défoncé que lui, s'approche :
— Tu veux sortir marcher un peu sur la plage ?
— Si tu veux.
Raphaël prend le bras de David et l'un soutenant l'autre, ils sortent.
Dehors, le soir descend. Les nuages du ciel perturbé d'un 15 août pluvieux se mêlent aux cris des mouettes qui accompagnent un chalutier rentrant au port.
Les estivants ont déserté la plage, David et Raphaël marchent sans but, dépassent la petite chapelle et se lancent dans une longue balade au bord de l'eau. C'est marée basse. Les parcs à huîtres laissés en jachère attendent que les nouvelles tuiles blanches remplacent les vieilles et laissent apparaître des sculptures en moules, accrochées aux arcs d'acier rouillé abandonnés là par les jardiniers de la mer.
Raphaël connaît très bien les parqueurs et l'élevage des huîtres lui est familier. Une partie de sa famille possède des parcs à l'entrée du Banc d'Arguin. C'est d'ailleurs lui qui a attiré l'attention de David sur la bonne affaire financière que

représentait l'achat de la grande villa avant qu'elle ne soit rasée.
Raphaël ne peut s'empêcher d'admirer la beauté du site. Les rayons obliques du soleil couchant rosissent les eaux du Bassin d'Arcachon. Le vent fraîchit, une légère brise frémit et les risées parcourent les vaguelettes dorées. C'est un instant magique quelle que soit la saison et Raphaël, en amoureux de l'endroit, laisse le charme opérer.
David, fermé sur son chagrin, rongé par la culpabilité, se confie en marchant :
— J'adorais aller avec lui dans les vagues et surfer encore et encore, il n'était qu'un enfant, mais il avait déjà la bonne attitude sur sa planche !
Il adorait la mer, le soleil, les rouleaux, il était déjà super taillé, il voulait aller surfer les rouleaux au large. Je ne me pardonnerai jamais de l'avoir laissé seul.
— Tu ne pouvais pas savoir que le courant de baïne était à cet endroit, la veille il n'y était pas.
— On n'aurait pas dû les laisser seuls tous les deux, mais tu sais comment est Violette, elle ne connaît rien aux vagues, elle m'a laissé gérer les deux enfants, et Lila est si têtue ! Mais quand même, je n'aurais jamais dû le laisser seul une minute ! Il connaissait sa planche et il a enlevé sa combinaison parce qu'il faisait chaud, sa combinaison l'aurait protégé s'il l'avait gardée, j'aurais dû l'obliger à la garder. Je ne me le pardonnerai jamais, c'est de ma faute !

— C'est un accident, David, tu n'as rien à te reprocher, c'est un terrible accident !
— Non, tout est de ma faute ! Si seulement je l'avais gardé près de moi en raccompagnant Lila ! Si je lui avais demandé de sortir de l'eau au lieu de le laisser au bord ! Qu'est-ce qu'on va devenir, Violette et moi maintenant, on en vient sans arrêt aux mains, on se bat de plus en plus, il va se passer quoi ensuite ? Tu nous connais, toi, qu'est-ce que tu en penses, mon pote ?
— Je ne sais pas, David, je ne sais pas ; mais je pense que tu dois arrêter de te faire du mal, et à elle aussi. Il faudra du temps, mais vous y arriverez avec le temps…
— À quoi bon, maintenant, à quoi bon, tout est foutu. Il est mort, Raphaël, Justin est mort !
— Oui, il est mort, mais tu peux encore vivre… pour elle… et pour Lila.
—Tu crois qu'on peut vivre pour une enfant avec un autre enfant mort sur la conscience, tu crois que je vais pouvoir regarder Lila en face, et Violette ? Tu es sérieux, tu le crois toi ?
— Oui, avec le temps ! Le temps apaise beaucoup de choses, répond doucement Raphaël qui, une fois encore, devant l'amitié et la confiance sincère de David se promet de ne pas poursuivre sa liaison avec Violette.
— Merci, heureusement que tu es là, merci mon ami.
David prend le bras de Raphaël et le serre en signe de remerciement.

Raphaël rougit un peu et détourne la tête, murmurant :
— De rien mon vieux, ce n'est rien, c'est normal entre potes !
— Tu n'es pas mon pote, tu es mon meilleur ami, je ne sais pas ce que je ferais sans toi, tu le sais hein, merci, merci !

# LA QUATRIÈME ROBE :

# LA ROBE DE DEUIL

# 7 robes et Lila

## 1

Ils sont tous les trois serrés dans l'église pleine à craquer, au premier rang.
Derrière l'autel en marbre blanc recouvert d'une nappe immaculée, croulant sous les fleurs éparses et blanches, des lys en majorité à l'odeur sucrée et écœurante, Justin les domine. Un immense portrait du petit garçon suspendu derrière l'autel les toise d'un sourire timide et figé. Violette, en robe noire, courte, d'une extrême et exquise simplicité, dissimule son chagrin derrière un voile de dentelle qui retombe en pans de chaque côté.
Elle porte des gants ajourés, noirs, courts, en coton. Violette a légèrement verni ses ongles d'une couleur transparente, neutre. Comme toujours, Violette est parfaite.
Lila déchiffre le langage des gants. Sa mère porte des gants longs et fins qui dévorent ses bras jusqu'au coude lorsqu'elle sort. Les hommes la fixent bizarrement quand elle enlève ses longs bras de soie, noirs la plupart du temps. Lila voit l'étincelle s'allumer dans les yeux des hommes qui se dandinent sottement devant sa mère et se transforment en loup de Tex Avery, bavant et muet. Il faut dire que les bras dorés de Violette surgissant lentement de leur fourreau noir valent leur pesant d'or. Pour Justin, elle a simplement des gants noirs, courts, sobres.

# 7 robes et Lila

David, Violette et Lila forment un bloc compact et sombre, unis par le chagrin et les larmes autour de la mort d'un enfant.
Lila étouffe dans la petite église. Elle voudrait ne pas être là. Elle préférerait aller se baigner et courir après les crabes, occupation qu'elle ne faisait jamais quand Justin était vivant, lui laissant faire la chasse aux crabes, son occupation préférée.
Maintenant qu'il est mort, elle se fait un devoir de faire ce qu'il aimait. Si elle devient son jumeau, elle pourra peut-être le faire revenir ? Dans les moments où elle pense à lui, il lui arrive de l'entendre l'appeler ou de le voir juste se tenir là, devant elle. D'autres fois, elle le voit mais il ne parle pas, il se tient debout, muet, inquiétant. Alors, pour ne pas avoir peur de son fantôme, elle essaie de devenir lui vivant, pas lui, mort. La mort ne va pas à Justin, la mort ne va pas à un enfant de sept ans.

Dans l'église, les vitraux filtrent une lumière irisée, jaune, rouge, orangée, qui joue avec le soleil, lançant des cristaux étoilés de couleur sur les murs. Lila ferme les yeux une seconde et Justin est là, à ses côtés. Il lui prend la main et chuchote :

— Pourquoi tu pleures ?
— Ben parce que t'es mort.
— Non, je suis pas mort, je suis juste à côté de toi, tu vois bien.
— Oui, mais les autres ils te voient aussi ?

— Oui, enfin, je sais pas, mais toi, tu me vois plus parce que t'es ma sœur.
Lila sent son frère se pencher vers elle et l'embrasser sur la joue. Sa mère secoue son bras :
— Lila, Lila, il faut aller lire le poème que tu as écrit.
Lila ouvre les yeux, hagarde, défaite, elle s'éveille d'un songe. Elle regarde autour d'elle, Justin n'est plus là. Elle voudrait dire à sa mère que son frère était là avec elle, juste maintenant. Mais elle se ravise et, d'une démarche chancelante, s'avance au pupitre, dans la petite église bondée. Les fidèles font silence pour écouter sa voix claire d'enfant :

— Pour Justin, c'est un poème qui s'appelle :

*J'aime bien jouer avec toi*

*J'aime bien que tu sois mon frère*
*Je t'aime*
*Pour nos jeux et nos rires*
*Pour la joie d'être*
*Pour la vie qui t'est ôtée*
*Pour les larmes versées*
*Pour le frère que tu étais*
*Pour le frère que tu seras*
*Pour nos jeux, pour nos étés*
*Pour nous deux*
*Pour toujours*
*Et à jamais pour toi*
*Je t'aime*

# 7 robes et Lila

## *Mon frère*

Lila a une voix claire et juste qui résonne dans la nef. Les murs blancs de la chapelle réverbèrent les sons cristallins de la voix de l'enfant. Lila, sérieuse et appliquée, lit sans regarder l'auditoire suspendu à sa voix d'enfant.
Chacun retient ses larmes, on entend des raclements de gorge et des reniflements. Chacun se demande ce qu'il aurait fait à la place de l'enfant ou des parents. Un tel malheur, le plus grand malheur sans aucun doute, la perte d'un enfant.
Lila a écrit ces lignes avec sa mère. La poésie coule depuis toujours en elle, naturellement. Lila écrit des vers facilement, comme s'ils venaient d'ailleurs. Elle lit le court poème et réussit à ne pas pleurer. La deuxième partie vient de Violette qui, elle aussi, écrit facilement, et en a fait son métier, en plus du dessin.
Violette est correctrice et rédige des articles pour les suppléments du dimanche du journal local. Pigiste, elle aime la liberté que lui offre un travail intermittent et épisodique. Violette aime rêver, écouter de la musique, dessiner. D'un tempérament artiste et nonchalant, elle est mal à l'aise dans les contraintes routinières d'un travail au long cours. Elle préfère son statut d'intérimaire. Elle ne fait rien pour en sortir, ce que ne se prive pas de lui reprocher David tout en profitant de manière éhontée de la disponibilité de sa femme.

# 7 robes et Lila

Lila descend de l'estrade, un peu groggy par l'effort et l'émotion et se dirige vers son père. David la prend dans ses bras. Elle aime le contact rugueux de sa peau, l'odeur un peu trop sucrée de son eau de toilette qui masque celle, persistante, de pain d'épices de sa peau hâlée par le soleil et la mer. Lila se demande ce que Justin a senti quand l'eau a envahi ses poumons. Elle chasse l'idée morbide et rêve qu'il est devenu poisson, qu'il s'est mis à nager avec les autres poissons dans la mer. Laissant sa peau d'enfant remonter à la surface, il s'est enfoncé dans l'océan qu'il aimait tant avec les autres créatures marines. Oui, c'est mieux que de penser à lui en train de se noyer, mais Lila ne dirige pas toujours le cours de ses pensées et parfois, elle se demande si les noyés remontent à la surface ou s'ils coulent au fond de l'eau. C'est sans doute pour cela que quand Justin lui apparaît, il est tout mouillé.
Lila revient à elle. David desserre son étreinte et la conduit à sa place.
Le prêtre élève les bras pour la bénédiction de l'hostie. Lila a si chaud dans la petite église qu'elle a envie de vomir. Elle se penche vers son père :
— Papa, j'ai mal au cœur, je vais vomir, je peux sortir ?
David regarde sa fille, il fait un signe d'assentiment de la main.

Lila se glisse au bout de la rangée en se contorsionnant. Sa robe en velours bleu marine flotte autour d'elle. Elle est mal à l'aise car sa ceinture la serre trop. Elle court vers la porte qui est ouverte pour permettre à la foule massée dehors de suivre l'office. Lila fend la foule des curieux dont une partie lui est inconnue. Elle déteste le contact des corps endimanchés et mous sur elle. Elle prend une goulée d'air et s'arrête de respirer, le temps de traverser la marée humaine.

Elle ressort de l'autre côté des corps. Les secouristes s'affairent autour d'une grosse femme allongée sur une civière. Un malaise dû à la chaleur qui s'abat, si forte que même en bordure de l'eau, l'air est suffocant.

Lila se dirige vers le mur de l'enceinte de la chapelle qui borde la plage. Elle boite car ses souliers vernis lui font mal aux pieds. Elle enlève sa jolie robe en velours sombre, descend les marches et se retrouve sur la plage au milieu des vacanciers insouciants et inconscients de la messe à la mémoire d'un enfant.

Lila court sur le sable brûlant. L'air qui entre dans ses poumons sature sa respiration. Elle court vers l'eau qui n'est plus qu'à quelques mètres. Lila, en maillot de bain, se précipite dans la mer. Elle plonge la tête la première dans l'onde fraîche et se retrouve entourée de vert, flottant dans l'élément liquide qu'elle aime tant.

Lila s'enfonce sous l'eau et reste au fond si longtemps que ses poumons vont éclater. Elle donne un coup de pied qui la propulse vers une algue qui flotte à la surface. Elle sent l'odeur du sel,

du sable chaud, du courant qui entraîne la marée montante et passe sur les bancs de sable, comme si la mer était de l'huile brûlante.
Lila voudrait rester dans la transparence de l'eau. En sécurité, libre, elle adore flotter sans fin sur la mer. Elle s'imagine algue, sirène ou poisson, elle adore tout ce qui touche à la mer, une passion partagée avec Justin, adepte de surf.
Si son jumeau aimait se laisser porter par les rouleaux au bord de l'eau et brûlait de partir dans les vagues, loin du rivage là où les rouleaux cassent, près du shore-break. Lila se contente de nager, sans fin et sans fatigue. Elle nage, nage, nage vers le large, jusqu'à ce que le courant qui forcit la rappelle à l'ordre ainsi que l'interdiction parentale de dépasser les parcs à huîtres et le dernier des piquets. Alors, elle revient à regret vers la plage. Elle se dit que Justin est là, dans l'eau, quelque part dans le palais du Roi de la mer dont Violette leur racontait les histoires, qu'il se trouve sans doute avec lui, trônant à ses côtés parmi les sirènes, les étoiles de mer, les algues, les hippocampes et les poissons lunes.

## 2

David est allé chercher Lila sur la plage désertée par les touristes à cause de la trop forte chaleur. Il ramène sa fille et la gronde de partir trop loin nager seule.

— Lila, tu ne dois pas dépasser le bout des piquets quand tu es seule, et même, tu sais bien que les bateaux risquent de ne pas te voir ou le courant d'être trop fort et de toute façon, tu es trop petite pour nager toute seule.

— Oui, oui, mais je sais nager et je suis toujours seule, Justin est parti et...

Les mots s'étranglent dans sa gorge, elle ne peut poursuivre.

David la regarde, la prend dans ses bras.

— Ma chérie, viens, on va rentrer, les gens nous attendent.

— Je déteste quand il y a des gens chez nous, je déteste les gens, je... veux... Justin.

David prend sa fille par la main, sans répondre. Il s'accroupit et la soulève pour la serrer dans ses bras.

Lila se laisse porter comme quand ils étaient tous les deux, petits, et que leur père les prenait chacun d'un côté. Justin et elle se donnaient la main dans le dos de leur père. Elle pensait alors que, rien, jamais, ne les séparerait.

David pose Lila par terre, et la conduit à bord de sa voiture. Ils suivent le convoi funèbre qui emporte le

cercueil vers le petit cimetière caché dans la pinède.
Une dizaine de voitures suivent le fourgon et ils se dirigent vers Violette, immobile, figée dans sa robe de deuil.
Un trou est creusé dans le sable, le cercueil est déposé dans le caveau familial de la famille de David.
Lila regarde le cercueil fermé et ne peut imaginer Justin enfermé dans cette boîte en bois brillant. Lila dodeline de la tête, perdue dans sa rêverie, quand elle sent la petite main de Justin dans la sienne. Elle ferme les yeux encore plus fort, refusant de les ouvrir de peur qu'il ne disparaisse à nouveau, emporté loin d'elle.
Chacun défile et jette une poignée de terre, elle lance du sable à la va-vite et se précipite dans les bras de son père.
— Emmène-moi, papa, emmène-moi ailleurs, je veux rentrer à la maison.
— Oui ma chérie, on s'en va.
Tandis que les poignées de terre recouvrent le cercueil d'un voile marron, David et Lila quittent le cimetière et retournent à pied à l'appartement où les intimes et la famille doivent se retrouver autour d'un verre.

Son père s'engouffre dans les escaliers de l'immeuble au bord de l'eau. Les odeurs mêlées de sable, d'huile solaire et de détergent bon marché de la cage d'escalier lui sautent au nez. Lila n'aime

pas les odeurs fanées de l'escalier. Avec Justin, ils pensaient qu'un monstre était tapi à chaque angle sombre et ils montaient à toute vitesse. Dans l'immeuble, il y a trop de personnes âgées. Les jumeaux détestaient quand les vieilles dames se penchaient vers eux pour les regarder comme si elles avaient la berlue, qu'une duplication du même enfant se faisait en deux versions, fille et garçon.
Justin prenait la main de Lila et, se tournant vers la personne avec un grand sourire, tirait la langue à l'inquisitrice. Lila ne disait rien, se contentant de regarder la vieille dame comme si elle tombait du ciel, en éclatant de rire. Cela suffisait à détourner l'attention, les deux enfants prenaient leurs jambes à leur cou et regagnaient l'appartement pour y retrouver leurs parents.
Ils arrivent au deuxième étage. Le brouhaha des personnes à l'intérieur de l'appartement s'entend jusque dans l'escalier.
Violette, arrivée avant eux, dès que David et Lila franchissent le seuil, se dresse devant son mari. Elle a enlevé sa voilette, ses cheveux sont relevés en un chignon bas d'où s'échappent des mèches blondes. Elle a laissé souples ses cheveux qui encadrent l'ovale délicat de son visage. Ses yeux dorés sont cernés du mauve des longues nuits d'insomnie à se demander pourquoi, pourquoi Justin est mort, et si vraiment David a fait tout ce qu'il pouvait.
— Ah, vous voilà, ce n'est pas trop tôt ! Jamais là quand on a besoin de toi, ça va devenir une

habitude, il faut s'occuper des boissons, y'a pas assez de champagne, il faut dégeler les petits fours, les gens arrivent sans arrêt, je ne sais plus où donner de la tête et toi, tu disparais, comme d'habitude. Ta secrétaire a appelé, tu as des clients qui demandent de nouvelles livraisons, il faut que tu voies un de tes employés, ton travail t'appelle. Et toi, tu t'entraînes pour nager pour la prochaine fois sans doute !

Les derniers mots dits à voix basse, sur un ton agressif, électrisent David qui, cette fois, serre les dents et ne répond pas.

Il avise un plateau de verres et se sert un, puis un deuxième, et un troisième, il ne peut plus s'arrêter. Il enchaîne les alcools forts par-dessus les verres de champagne.

Une fois que l'alcool commence à faire son effet, il se tourne, l'air mauvais, vers sa jolie épouse :

— C'est tellement facile pour toi de jouer la mère éplorée, mais tu ne les surveillais pas vraiment, n'est-ce pas, quand Justin est parti à l'eau, tu ne savais même pas où était Lila. Tu es nulle comme mère, à peine meilleure comme femme et comme amante, tout juste passable, à moins que tes amants pensent différemment ?

— Quoi, de quel droit me parles-tu comme ça ? Tu penses que le chagrin te donne tous les droits, tu t'égares mon ami, le vin te tourne la tête, il y a longtemps que le vin te tourne les idées !

David perd la tête et lève la main sur Violette, Raphaël saisit le bras levé de son ami et détourne

le coup, en déviant la main qui partait vers le visage de sa femme. Échangeant un regard avec Violette, il immobilise David.
Lila tend une main tremblante vers la tête de sa mère :
— Justin, Justin est derrière toi Maman !
Violette, horrifiée et incontrôlable, lance une gifle retentissante à Lila.
— Tu dis n'importe quoi, Justin est mort, il est mort, tu entends ? Il est mort parce que ton père n'a pas su le rattraper, parce qu'à force de boire il ne sait plus nager !
David écume de rage, l'assistance est tétanisée.
— Tu déraisonnes, ma pauvre. Justin a été entraîné par un courant de baïne, tu sais parfaitement que j'ai tout tenté pour le sauver ! Et toi, tu faisais quoi pendant ce temps, tu bronzais sur ta serviette ?
— Arrgh… !
Violette se rue sur son mari et le frappe de ses poings.

Mado est la première à reprendre ses esprits. Elle prend la main de Lila et l'entraîne hors de vue de ses parents.
David se débat encore faiblement dans la poigne de Raphaël qui l'immobilise.
Violette s'est effondrée sur le sol en tournant sur elle-même comme une toupie noire, sa robe en corolle autour d'elle.

Un médecin de leurs amis veut lui administrer un calmant qu'elle refuse d'un signe de tête.
Même au milieu du tumulte, elle reste la plus jolie, constate, amère, Lila que Mado emmène loin de tout ça.
Violette se redresse, remet un peu d'ordre dans sa coiffure. Lentement, elle se relève et s'écarte de son mari.
— Excusez-nous, c'est le chagrin et l'émotion, excusez-nous, prenez un verre si vous voulez.
Elle se détourne et se mêle aux invités restants. Les conversations reprennent et chacun se sert, qui un verre, une chips ou une tomate cerise. David reprend ses esprits, serre la mâchoire et essaie de détendre l'atmosphère.
— Ce n'est rien, ma femme et moi sommes un peu surmenés, mais ne vous inquiétez pas, on va gérer.
Lentement, le malaise se dissipe. Puis les invités prennent le chemin de la sortie et, la mine grave, serrent la main de David et Violette qui, stoïques, les raccompagnent. Le flot des invités quitte progressivement la pièce.
— Merci d'être venus, nous sommes très touchés, ma femme et moi apprécions votre présence.
— Merci d'être venus, nous sommes très touchés de votre soutien, David et moi vous remercions, merci à vous…

Mado, dans la petite chambre de Lila, l'a posée sur son petit lit blanc, jumeau de celui de Justin. La couette Cars de Justin égaie de couleurs vives la

petite pièce, Lila a sa couette rose à l'effigie de la Petite Sirène. Lila, les yeux en larmes, regarde Mado.
— Non, me mets pas là, je dors dans celui de Justin pour avoir son odeur.
Le chaton qu'elle a trouvé et sauvé des chiens est roulé en boule sur son lit. Mado, décontenancée par l'atmosphère claire de la chambre d'enfant ne sait que dire :
— Comment il s'appelle ce petit chat ?
Lila coule un regard par en dessous :
— Tu jures que tu diras rien à Maman ?
— Non, pourquoi ?
— Il s'appelle Justin, mais Maman ne veut pas, alors je lui ai dit que je l'appellerais Julius, mais en vrai, il s'appelle Justin !
Mado opine et se tait. Lila reprend :
— Tu me crois toi que je vois Justin ?
— Oui ma chérie.
— Ah, alors pourquoi Maman ne me croit pas, elle ?
— Ta maman est bouleversée, elle a besoin de temps.
— Et Maman et Papa, pourquoi ils se battent ?
— Je ne sais pas, ma chérie, je ne sais pas.
Elle hésite et reprend :
— Parfois, quand on s'aime trop, on ne sait plus quoi faire à l'autre et on se bat, pour... pour le toucher.
— Justin et moi, on n'aime pas quand Maman et Papa se battent, c'est là que Justin vient me voir,

pour me consoler et jouer avec moi, on n'a pas encore beaucoup joué tous les deux depuis…
Lila prend le chaton dans ses bras et le caresse tendrement. Le petit chat ronronne de toutes ses forces et se presse dans les bras de la petite fille. Il sort une langue râpeuse et lui lèche les doigts.
Mado le caresse et se tait, rêveuse.
Dans la petite chambre d'enfant, Mado revoit le regard affolé de Raphaël quand Violette a failli se faire battre par David. Le regard de haine et de désespoir d'un homme très concerné par la situation, trop sans doute, et ce regard échangé entre Raphaël et Violette, se pourrait-il que… ? Non, c'est impossible ! Raphaël est tellement aimant, il ne ferait jamais ça à son meilleur ami… Mais… sait-on jamais ? Est-ce qu'on connaît vraiment quelqu'un, fût-il son mari ? Est-ce qu'on peut être sûre à cent pour cent d'un homme, surtout d'un homme aussi séduisant que Raphaël ? Mado hésite et butte sur le sens à accorder à tout ça. Son esprit refuse encore d'assembler les morceaux épars du puzzle. Elle balaie ses doutes et préfère laisser son hésitation en suspens.
Elle respire profondément et ne peut se départir d'une certaine inquiétude. Aimant profondément Raphaël, elle lui accorde encore sa confiance, mais elle commence à se sentir ébranlée par la situation, et elle n'ignore rien du charme parfois délétère que Violette exerce sur les hommes.

## 3

Il ne reste plus grand monde dans le grand appartement blanc. Une dizaine de personnes se pressent autour du couple.
Mado revient lentement de la petite chambre.
Violette parle avec une amie sur le point de partir.
Les voisins se sont éclipsés. Raphaël fume, accoudé au balcon.
David dessaoule lentement. Les deux amis sont côte à côte, silencieux.
La vue du Bassin d'Arcachon s'étend devant eux, magnifique, éternelle. Une légère brise fait frissonner les grands arbres du parc de la résidence.
Violette revient vers son mari et son amant, un verre à la main.
David prend sa femme par la taille et, fier de la beauté de la jeune femme, se comporte comme si leur algarade n'avait jamais eu lieu.
— Ça va ma chérie ?
Les larmes plein les yeux, Violette s'abandonne à l'étreinte de son époux et hoche la tête :
— Non, ça ne va pas…, mais je vais gérer… Je… nous... allons faire au mieux, hein ?
David, pour toute réponse, plante un baiser sur la bouche de Violette.
Mado fait un signe discret à Raphaël qui s'attarde.
— Nous y allons, Raphaël ?
— Oui ma chérie. Au revoir Violette, bye David.

Raphaël se penche vers Violette, elle tourne légèrement la tête, le baiser d'adieu atterrit comme par mégarde sur le coin des lèvres de son hôtesse. Violette ne détourne pas les lèvres et la bouche gourmande de Raphaël cueille le baiser sur la bouche si peu défendue.
Mado frémit et regarde David qui n'a rien remarqué.
Mado fait à son tour ses adieux :
— Lila est dans sa chambre, elle dort.
— Au revoir Mado.
Violette, toute rosie du baiser échangé, détourne le regard qui ne croise pas celui de Mado.

Raphaël, faussement à l'aise, feint de ne rien voir. Il prend sa femme par la taille. Les deux jeunes époux se retrouvent dans l'escalier. Ils débouchent sur la digue bordant le front de mer. Mado marche sur le petit muret de pierres qui longe la plage. Les piquets des parcs à huîtres étendent leurs bras maigres et implorants vers le ciel. Une mouette perchée en haut d'un piquet lance un appel vers le large. Mado se laisse envahir par la beauté de ce petit coin de paradis. Raphaël met son bras sur ses épaules et marche en silence à ses côtés.
Mado hésite. Elle ne sait pas vraiment si elle va avoir le courage de lui demander. Peut-être qu'il ne se passe rien, peut-être que Raphaël a juste voulu consoler la femme de son meilleur ami, que le baiser a dérapé, peut-être est-elle abusée par l'émotion, la situation, elle ne devrait pas, Violette

est si malheureuse, elle éprouve sûrement une jalousie sans objet… elle ne devrait pas…
Mado est perdue dans ses pensées, elle tente maladroitement d'aborder le sujet :
— Tu es très touché par ce qui arrive à Violette, hein, mon chéri ?
Raphaël feint l'étonnement :
— Oui bien sûr, c'est terrible ce qui arrive à Violette et à David.
Il se tourne vers sa jeune épouse et lui plante un baiser sur la bouche.
— Ma chérie, Violette et David viennent de perdre un enfant, il n'y a rien de pire que ça. Je ne sais pas comment les consoler, je me sens tellement impuissant devant leur souffrance et leur malheur.
— Vraiment ? Et ça implique que tu t'occupes autant de Violette, que tu sois en permanence à la regarder, près d'elle, à la toucher, jusqu'à ce baiser d'adieu, là, un peu déplacé, tu ne trouves pas ?
— Mais non, là, tu vois des choses, j'éprouve de la sollicitude et de l'amitié pour la femme de mon meilleur ami qui d'ailleurs boit trop, fume trop, et devient violent parfois. Tu as bien vu, il fallait l'arrêter, il fallait protéger Violette et Lila, il a failli les taper devant tout le monde, il n'est plus le même depuis ce drame, il dérape et perd tout contrôle, j'essaie de les aider, je suis son meilleur ami !
— Mouais, il n'y a pas que lui, tu es beaucoup à ses côtés à elle aussi, je trouve… Mais je me fais sans doute des illusions.

— Oui, tu es sous le choc, toi aussi ma chérie, je t'aime, ne l'oublie pas !

Mado poursuit sa route. Ils arrivent au bout du chemin, dans les rues qui serpentent dans le petit village ostréicole, presque endormi, traversé par quelques adolescents qui vont passer un moment sous la lune, sur la plage. Une anse avec quelques cabanes de bois au bord de l'eau, autour de petits sentiers parsemés de fleurs. Mado n'a jamais su si on pouvait s'aventurer au milieu des cabanes sans déranger et se retrouver dans l'intimité des habitants.
La culture des huîtres demande du savoir-faire, de la persévérance, et réunit les jardiniers de la mer autour de leurs habitations et de leurs bateaux, dans un cadre de travail fabuleux.
Mado reste sur le chemin sans s'aventurer au milieu des cabanes. Elle écoute Raphaël, vacille quand elle sent son bras sur son épaule et frémit au contact de cette peau qu'elle aime tant. Elle a tellement envie de le croire qu'elle tente d'ignorer la petite lumière qui s'est allumée dans sa tête lorsqu'elle a surpris le regard échangé entre les amants. Le même regard que Raphaël lui lance parfois !
Comme toujours, quand il l'approche, elle le désire. Au début, c'est juste une sensation dans son bas-ventre, un petit point chaud et brillant, une crispation lointaine qui se rapproche peu à peu, dont elle prend conscience et qui grandit et

s'intensifie. Elle ferme les yeux et son odeur l'enveloppe. Il est là, devant elle, en pensée et en désir. Elle l'aime trop, elle a envie de lui, là, maintenant.
Mado fait quelques pas vers la plage et se laisse tomber sur le sable froid.
Raphaël s'assoit à ses côtés.
— J'ai envie d'un bébé, dit-elle d'une voix voilée et sourde ; je veux un enfant avec toi mon amour !
— Comment ça, là, maintenant tout de suite ?
— Mumm ! Oui, là, maintenant tout de suite, viens !
Elle l'entraîne derrière un bateau dont les haubans claquent dans la brise nocturne.
— C'est comme ça que j'ai embrassé mon premier garçon, derrière un bateau sur la plage.

Raphaël se penche vers Mado et l'embrasse, un long baiser amoureux, ardent.
— Rentrons chez nous faire un bébé, achève-t-il dans un souffle.

Ils se dirigent vers leur voiture et roulent en silence vers la petite maison prêtée par des amis à Andernos, une commune située à quelques kilomètres de l'appartement de David et Violette. Ils arrivent chez eux, se garent et entrent dans le cabanon de vacances composé d'une grande cuisine, une chambre et une autre petite pièce pour les enfants.
Mado entraîne Raphaël gagné par l'excitation, sur le lit. Ils font l'amour tendrement, intensément,

Mado jouit dans les bras de son mari, Raphaël la suit, tout en rêvant du corps de poupée de Violette, de sa peau dorée, de son odeur. La vision de son amante se substitue au corps blanc et laiteux de son épouse qui s'abandonne entre ses bras, les yeux clos, renversée, concentrée sur son plaisir. Raphaël fait l'amour aux deux femmes à la fois. Les odeurs, les gestes, le corps, les cheveux de l'une s'emmêlent au corps, aux cheveux, aux odeurs de l'autre. Il entend Mado gémir et il voit Violette, il aime la peau laiteuse de Violette et celle ambrée de Mado. Il embrasse et caresse Mado jusque dans les plis les plus secrets, il connaît la « chanson de son corps » par cœur et il sait en jouer, jusqu'à l'amener avec lui sur les rives du plaisir. Il les aime toutes les deux. Il arrête de penser et s'abandonne à son tour à la jouissance et au plaisir.
Mado reprend peu à peu pied dans la réalité. Légère, elle se sent pousser des ailes. Elle se prend à douter de ce qu'elle a cru percevoir entre son mari et Violette. Émue et satisfaite, elle se tourne vers lui qui repose sur les draps, sa peau de bistre contrastant avec la blancheur du coton. Elle détaille ses boucles brunes, l'ourlet délicat de sa bouche gourmande, le carré de la mâchoire, la barbe naissante ; ses yeux sont clos, fermés sur le plaisir et son mystère. Elle doute moins, cherche à être rassurée :
— Tu me jures que tu n'as pas couché avec elle ?

Il n'ouvre pas les yeux, frémit, fronçant les sourcils, les yeux clos.
— Hein ? Quoi ? De quoi tu me parles, qu'est-ce que tu racontes, avec qui j'aurais couché ?
— Elle, avec elle, Violette ?
— Mais non, tu te fais des idées, Violette souffre et a de la peine, c'est la femme de mon meilleur ami, et tu crois que je couche avec elle, mais non ! Tu rêves !
— Tu me jures, tu n'as pas couché avec elle, n'est-ce pas ?
— Oui.
— Quoi oui ? Tu me jures que non, tu n'as pas couché avec elle ?
— Oui, oui, je te jure que je n'ai pas couché avec elle, finit-il par concéder.
Avec un geste de mauvaise humeur, il poursuit, mal à l'aise :
— Tu as quand même le génie pour gâcher les bons moments, tu sais ?
Mado le regarde, satisfaite de sa réponse qui la rassure et écarte pour un moment ses soupçons.
Elle replonge dans un demi-sommeil et ne tarde pas à s'endormir.

Raphaël se lève doucement et va dans la cuisine se verser un verre d'eau fraîche. Nu, les bras sur l'évier de pierres, il appuie le front sur la glace qui surmonte le bac. Le miroir lui renvoie son reflet, il se regarde et ferme les yeux.

Combien de temps va-t-il réussir à donner le change, combien de temps Mado va-t-elle accepter ses réponses, en demi-teinte, combien de temps va-t-il faire l'amour à l'une en pensant à l'autre ? Combien de temps va-t-il tromper son meilleur ami, sa femme, et jurer à l'un et à l'autre sa fidélité. Raphaël, peu sensible à la culpabilité, ne s'embarrasse pas de scrupules, mais il commence à se dire qu'il joue avec le feu et que peut-être ça ne va pas durer.

# LA CINQUIÈME ROBE :

# LA ROBE DU NOUVEL AN

# 7 robes et Lila

## 1

Pour la première fois, Lila a le droit d'assister à une soirée de réveillon.
Ses parents organisent la soirée chez eux. Elle étrenne une robe bleu nuit, en velours, avec une collerette de dentelle de couleur crème qui donne un côté old school à sa tenue complétée par des babies vernies noires. Lila adore sa robe, sa première robe de soirée, son premier bal.
Dès 19 h, Lila, habillée, traîne dans les pattes de la cuisinière embauchée pour l'occasion pour aider Adèle.
Lila regarde la pile de disques qui s'amoncèle à côté de la chaîne stéréo de son père, elle tourne autour de l'immense table parée d'une nappe blanche, avec des couverts en argent et de la vaisselle blanche à liseré doré.
Les assiettes s'empilent sur la table, les verres renvoient la lumière du lustre de cristal, les petites serviettes sont rangées à côté des assiettes. Lila regarde son poignet ; au milieu des joncs d'argent, elle conserve sur elle le bracelet brésilien en coton que son petit frère avait attaché autour de leur poignet pour que le vœu que chacun faisait se réalise à la tombée du bracelet.
Lila se demande si son vœu à elle va se réaliser : « elle veut revoir Justin, elle veut qu'il ne soit pas mort en août dernier, elle veut que son jumeau vive ».

Adèle, agacée, la chasse de la cuisine. Lila se dirige vers son repère secret, l'escalier, d'où elle peut voir arriver les invités et descendre ses parents.
Son père descend le premier, très élégant dans une veste noire tendance rock and roll, au col officier, brodée ton sur ton dans le dos d'un aigle noir. Une chemise blanche, à plastron, de petits boutons de manchette en lapis-lazuli, une fine cravate en cuir noir. Ses cheveux gominés pour la fête dont le thème est « Et si Franck Sinatra... », un thème suffisamment large pour laisser libre cours à l'imagination de chacun.
Les invités commencent à arriver. Des couples que Lila connaît de vue, aperçus le dimanche au Club-house du Passing-club dont sa mère devient un membre influent. Des clients de son père, des relations d'affaire, des business men accompagnés de leur femme se pressent devant le petit château, comme on nomme l'aile réservée à l'usage privé de la famille de David.
Lila compte une dizaine de couples présents et la sonnette ne cesse de tinter.

Sa mère n'est toujours pas descendue. Son père lui fait un signe discret, elle s'approche :
— Mais que fait ta mère, ma chérie, tu veux bien aller voir s'il te plaît ?
Lila regarde son père de ses grands yeux sombres. Elle hoche la tête et repart vers le grand escalier

blanc à l'angle duquel trône une statue de Vénus, nue, en marbre noir de Carrare.
Lila monte les marches une à une, le brouhaha de la soirée s'estompe, Lila grimpe et s'avance vers la chambre de sa mère.
Elle se glisse dans l'antichambre et, sans réfléchir, elle se dissimule dans les double-rideaux en se disant qu'elle va faire une blague à sa mère.
Les double-rideaux épais, en soie jaune orangé, tombent lourdement sur le sol et traînent par terre, ramassant la poussière. Lila rit sous cape, tout au plaisir de la surprise qu'elle va faire à sa mère. Depuis qu'elle est toute petite, elle adore se cacher, surprendre les gens. Les adultes de son entourage détestent ça, mais elle continue à adorer.
Elle entend un frôlement et voit les pieds nus de sa mère sortir de la salle de bain, elle va jaillir de sa cachette quand d'autres pieds sortent également, deux pieds chaussés de souliers noirs vernis, plus grands, et qui suivent les petits pieds nus de sa mère. Elle admire un instant les petits ongles parfaitement pédicurés de sa mère, reconnaissant là son sens du détail et les soins qu'elle porte à sa beauté. Les pieds de sa mère se retrouvent entourés des souliers vernis. Lila entend les chuchotements de la conversation qu'elle surprend entre les souliers vernis noirs et les pieds nus :
— Ah non ! C'est trop dur, je ne tiens plus entre ces ridicules chaussures noires, je ne peux plus respirer !

— Dites donc, jeune damoiseau, comme vous y allez, nous ne faisons que notre devoir de chaussures, nous protégeons les pieds du monsieur.
— Oui et nous, nous respirons, mais nous n 'aimons pas ces peintures de gala rouge sur nos têtes ongulaires... Lila n'en croit pas ses oreilles, des pieds qui parlent, il ne manque plus que Justin et ce sera complet !
Elle tend l'oreille, mais les pieds se taisent.
Un bruit de baiser, un soupir, puis un chuchotement :
— Il faut y aller, on va nous attendre.

Lila ferme les yeux, les pieds sont muets. Elle reste tapie dans sa cachette. Incrédule, elle appuie ses doigts sur les paupières et joue avec les taches roses qui dansent sous la peau diaphane.
Elle prie pour que personne ne la découvre. Elle retient sa respiration, elle veut disparaître, se couler dans les plis des rideaux, ne plus rien voir, ne plus rien entendre, devenir invisible.
Soudain, elle voit Justin sur la plage, elle entend les rouleaux qui cassent au loin, elle sent le parfum des vagues océanes, l'odeur du sable mouillé, les mouettes rieuses qui planent au-dessus de l'océan. Elle entend leurs cris. Lila plane avec les oiseaux marins et aperçoit son jumeau, heureux, qui se précipite derrière son père dans les rouleaux qui vont l'emporter. Lila veut lui crier de rester avec elle sur le sable, de jouer au bord de l'eau, là où elle

n'est pas profonde et où on peut rester dans l'eau chaude et sans danger. Elle veut lui dire de ne pas partir suivre leur père. Mais Justin court vers la mer, emporté par le vent.
Elle voudrait ne pas avoir été jalouse de son frère et de ce qu'il partageait avec leur père, elle voudrait ne pas avoir accaparé l'attention de ce dernier cet après-midi tragique. Mais les cris des mouettes s'éloignent, la voix de Justin s'efface dans le vent, le bruit des rouleaux meurt dans le silence de la chambre.
Lila ouvre les yeux, elle revient dans l'antichambre de sa mère, surprise par l'absence de bruit, il n'y a personne, les pieds nus de sa mère ont disparu ainsi que les souliers vernis.
Lila s'avance doucement dans la chambre aux rideaux tirés, une lampe est restée allumée, le parfum de sa mère flotte encore dans l'air, la chambre est déserte.
Lila quitte à regret le domaine de sa mère et retourne vers les invités qui se pressent autour du buffet.
Lila reste un instant en haut de l'escalier, goûtant ce poste d'observation privilégié et distant de la foule. Elle voit sa mère aux bras de son père qui, un verre à la main, parle à Raphaël. Sa mère est vêtue d'une magnifique robe noire en taffetas avec une ceinture dorée et une rose dorée à la ceinture, de grands gants noirs recouvrent ses mains jusqu'au coude comme si la robe s'interrompait

l'espace d'un éclat de peau nue pour reprendre et rattacher ses mains, cousues au taffetas.
Mado est au bras de son époux. Elle est vêtue d'une robe en soie grise, un long fourreau gris perle, avec un col grenat qui flatte son long cou gracile. La soie enveloppe son corps, suit ses mouvements et met en lumière sa silhouette menue.
Lila se demande si elle n'a pas rêvé le ballet des pieds nus et des chaussures noires.
Elle descend, se glisse entre les silhouettes des adultes occupés à jouer le ballet des verres et des coupes de champagne. Elle atteint la petite pièce attenante à la salle à manger, elle a faim, elle voit la meule de roquefort qui trône et attend son heure. Elle prend un morceau et mord dedans, laissant une empreinte de ses dents du bonheur trop écartées laissant un espace entre ses deux incisives.
Soudain, elle entend une chanson de Franck Sinatra avec sa fille Nancy, elle ne sait pas qu'ils ont père et fille, mais elle se balance sur l'air langoureux d'un slow qui traîne en longueur. Elle sort de la petite resserre et tombe sur Mado.
Mado s'avance et la prend avec elle, elles dansent un moment à trois avec Raphaël.
Lila, le rouge aux joues, baisse la tête. Son regard tombe sur les chaussures de Raphaël, vernies, noires, comme la majorité des souliers des messieurs présents à la soirée. Lila laisse son regard dériver et avise les pieds nus dans des

sandales dorées de Mado, et les notes de la chanson du Bal de Nantes lui reviennent en mémoire. Elle se demande si, comme dans la chanson, quand elle sera grande, sa mère ne voudra pas qu'elle aille danser au bal de Nantes.
En attendant, elle se trouve entraînée par la musique sirupeuse du crooner américain et les bras nus de Mado.
Au milieu de ces deux êtres, Lila se laisse aller. Elle rêve qu'elle est leur fille et que jamais Justin n'a existé. Une petite fille seule, aimée. Mado se penche et embrasse l'enfant.
Lila adore son parfum sucré et légèrement poivré. Raphaël lui ébouriffe les cheveux, Lila voudrait que la danse ne s'arrête jamais.
Les notes meurent dans une apothéose de « Bang, Bang », entre père et fille Sinatra, et Lila se retrouve au milieu de la piste, seule, abandonnée dans la confusion des couples qui s'échangent.
Lila reste les bras ballants, jusqu'à ce qu'un rire strident déchire l'espace. Elle se retourne et voit Mado qui pointe un doigt accusateur sur le couple prêt à danser formé par Raphaël et Violette.
Mado, soutenue par un homme que Lila ne connaît pas, se précipite vers son mari :
— Je te défends de danser avec elle, tu n'as pas le droit, je t'interdis.
Raphaël se tourne lentement vers sa jeune femme grise. Il abandonne, dans une dernière pression, les bras de son hôtesse, non sans s'être tourné

vers elle et lui avoir fait un baise main légèrement théâtral et très appuyé.
Mado dodeline de la tête, elle a trop bu et ne tient plus sur ses jambes. Raphaël franchit la distance qui le sépare de sa jeune femme et la prend d'autorité dans ses bras, mais elle refuse et se débat.
— Non, non, tu ne me la feras pas, cette fois, je t'ai déjà dit d'arrêter tes manigances avec elle, non, laisse-moi !
— Allons ma chérie, viens avec moi, tu as trop bu, tu t'imagines des trucs, viens !
Raphaël prend Mado contre lui, se dirige vers un endroit écarté et tente de la raisonner. Il calme ses ardeurs dans une étreinte qui a l'air d'un étouffement. Mado, trop saoule pour résister, se débat faiblement. Son mari l'entraîne, sort de la pièce et l'allonge sur un sofa dans une chambre voisine.

David se tourne vers l'assemblée qui s'est figée :
— Tout va bien, elle a un peu trop bu, ce n'est rien.
— Let's go, show must go on..., reprend David à l'intention de l'assemblée qui docilement reprend les danses.
Le DJ lance un tube de David Bowie, puis la voix d'Elton John envahit la piste de danse. Les couples s'élancent sur la piste et oublient les accusations maladroites de Mado.
David et Violette passent parmi leurs invités pour les entraîner sur la piste, l'incident est vite oublié.

Lila est emportée par les couples qui s'élancent pour un rock. Sa mère la prend par la main et lui susurre à l'oreille :
— Viens ma chérie, il faut aller te coucher maintenant !
Elle emmène sa fille quand David se matérialise à leurs côtés.
— Attends chérie, elle ira au lit après minuit !
Il prend sa fille par la main et l'attire sur la piste, Lila est dans un rêve ; soudain, les couples s'arrêtent et commencent le décompte :
— Dix, neuf, huit, sept, six, cinq, quatre, trois, deux, un ! Youpi ! Bonne année, ma grande chérie, bonne année.
Tout le monde s'embrasse. Mado dort sur un canapé, indifférente aux vœux récurrents et annuels. Lila est prise dans l'hystérie collective et passe de bras en bras jusqu'à ce que sa mère l'entraîne vers sa chambre.
Lila lui demande, les larmes aux yeux :
— Maman, est-ce que je peux dormir dans ton lit ?
Violette craque devant le regard plein de larmes et de fatigue de Lila.
— Bon, d'accord, mais juste pour cette nuit, OK ?
— Oui, promis Maman, juste pour ce soir.
Après un silence, Lila reprend :
— Maman, c'était à qui les chaussures noires dans ta chambre tout à heure ?

Violette se fige, arrête le bras qui allait éteindre la lumière dans la chambre jaune et revient vers sa fille.
— Quoi, mais de quoi est-ce que tu parles, il n'y avait personne avec moi tout à l'heure dans la chambre, et d'ailleurs, où étais-tu, et comment sais-tu qu'il y avait des chaussures dans ma chambre, c'est ridicule Lila, il n'y avait aucune chaussure dans ma chambre, tu as rêvé. Et tu n'as rien à faire dans ma chambre quand je m'habille !
Lila respire l'odeur de ses parents mélangée à celle des draps frais. Elle dodeline de la tête et, épuisée, ne cherche pas à batailler. Elle murmure de vagues excuses, n'achève pas sa phrase et s'endort sur les mots de sa mère.
Un instant après, David entre dans la chambre, Lila ouvre les yeux et son regard embué de sommeil tombe sur les chaussures noires vernies de son père.
— Ah ! C'était toi Papa, avec Maman, tout à l'heure quand elle s'habillait, dans la salle de bain, j'étais cachée derrière les rideaux, mais tu lui diras pas, hein papa, tu lui diras pas où j'étais ! Mais je suis contente que c'était à toi les chaussures vernies !
David s'approche de la tête de sa fille, lui caresse les cheveux et le regard dans le vague, devient peu à peu noir de colère. Il se raisonne pour Lila.
— Oui ma chérie, ne t'inquiète pas, c'était moi ! Il se penche vers sa fille, l'embrasse tendrement puis il se redresse, réajuste ses boutons de manchette et, passant la main dans ses cheveux, la mâchoire

serrée, crispée de colère, il se dirige vers la salle de bain où Violette achève de se déshabiller.

## 2

Lila rêve qu'elle est avec Justin, son jumeau. Ils sont dans la chambre qu'ils partageaient petits. Lila entend sa respiration de son frère et chaque fois qu'elle se réveille, le bruit régulier du souffle de son frère l'apaise. Il fait nuit noire, comme toujours lors de ses nombreux réveils nocturnes, Lila est oppressée.
Elle jette un œil en direction de la fenêtre restée entrouverte malgré l'air frais de décembre.
Il fait une chaleur sourde, le chauffage est déréglé sans doute. Un moustique tourne dans la pièce, Lila a soif. Elle se lève et se dirige vers la cuisine de la grande maison.
Lila glisse en silence sur l'escalier de pierre. Les chiens sont endormis sur le grand canapé qui leur est dévolu. Hercule, le grand labrador blanc ouvre un œil endormi et lève la tête, intéressé par la perspective de sortir chasser les chats du jardin. Chabal, la petite chienne bouledogue aux yeux bleus ronfle et ne daigne pas bouger, plongée dans son sommeil. Mais Lila n'a pas le droit de leur ouvrir la porte car Hercule, la nuit, aboie, fait un raffut de tous les diables et réveille tout le quartier.

C'est une nuit de pleine lune et Lila aime la lune. Sa grand-mère lui a dit que dans la famille, les femmes sont des sorcières et que parfois, les sorcières se retrouvent les nuits de pleine lune pour

célébrer le Sabbat, ou faire de la magie pour ensorceler les jolis garçons, ou simplement pour discuter tranquillement entre elles.
Lila entend la voix cassée et rauque de sa grand-mère. Elle aime les rides qui entourent le visage de la vieille femme. Le visage sans fard l'apaise, comme l'apaise la constante présence de son aïeule. Sa grand-mère est toujours là. Quand elle rentre de l'école, sa maison est sur le chemin du retour. Elle vient la chercher tous les soirs, à la sortie des classes, salue l'institutrice de CE2, classe de Lila. Madame Coumade est la meilleure amie de la grand-mère de Lila. Et elle ne manque jamais de lui proposer du pain avec du chocolat que Lila n'apprécie guère et refile en douce à sa chienne.
Madame Coumade a les accents rocailleux des gaves de son enfance. De leurs eaux qui descendent des montagnes et caracolent vers la vallée. Les eaux vives s'échappent des montagnes pyrénéennes, serpentent sur les ravines où Lila et ses parents vont skier l'hiver et marcher l'été avec ses cousins.
Lila entend sa grand-mère rire et placer sa main devant sa bouche car selon elle, il est malvenu de montrer son rire en public. Sa grand-mère et Madame Coumade ont une amitié qui dure depuis la naissance des jumeaux et le désarroi traversé par Violette qui, après son accouchement, n'a pas pu s'occuper tout de suite des bébés. Épuisée par un accouchement barbare au cours duquel les

bébés ont bien failli mourir, et elle aussi, Violette a plongé dans une phase de dépression post-partum dont elle est sortie progressivement. Sa mère a pris soin des deux petits, secondée par David. Violette a ensuite pu, avec l'aide d'Adèle, s'occuper de ses enfants. Mais le premier mois, leur grand-mère leur a servi de mère, dormant dans une petite chambre à côté des berceaux, se levant la nuit pour leur donner le biberon, restant disponible et veillant sur eux pendant que leur mère restait hospitalisée.
Lila ne se souvient pas de ce temps, mais elle est restée très attachée à sa grand-mère.

La lune fait un clin d'œil. Lila prend un grand verre d'eau dans le réfrigérateur. Une chouette hulule, les tourterelles nichées dans les grands arbres secouent les branches. Lila écoute la nuit, les bruits du jardin, le silence de la maison. Et la nuit lui envoie des rêves.
Elle regarde par la fenêtre au moment où la lune se voile, masquée dans le ciel par les nuages qui annoncent la pluie.
Soudain, au fond du jardin, une ombre se détache sur le mur. Justin est là, immobile, tremblant, sur ses jambes grêles. Son jumeau la regarde.
Elle s'attarde sur ses boucles châtain, ses grands yeux de biche ; Justin se frotte les yeux comme avant quand il s'éveillait la nuit et que Lila l'apaisait en lui disant de se rendormir. Justin a peur du noir. Lila se demande ce qu'il peut bien faire tout seul

dans la nuit, au fond du jardin. La lune disparaît et le jardin plonge dans le noir.
Elle jette un coup d'œil en arrière sur les chiens endormis et ouvre précautionneusement la porte. Elle a peur mais elle veut voir. Elle descend les quelques marches et se retrouve sur le gazon récemment tondu. L'herbe est humide et fraîche sous ses pieds nus. Elle reste un instant sans bouger attendant que sa vue s'accommode à l'obscurité.
Elle entend un feulement suivi d'un cri strident et une ombre se précipite derrière elle, la bouscule pour se ruer dans le jardin. Hercule, le grand labrador, a entendu le chaton qui se retrouve sur le dos, immobilisé, entre les pattes du chien. Hercule aboie comme un fou. Lila tente de le dégager du chaton qui feule et donne des coups de pattes désespérés.
Lila crie mais Hercule n'entend rien. Ils s'y mettent à deux avec la petite chienne bouledogue, Chabal, qui se précipite à la suite d'Hercule et mord le chaton.
Lila ne sait pas quoi faire. Elle tire Hercule vers l'arrière de toutes ses forces, mais le grand chien refuse de la suivre et ne lâche pas le chaton qui se roule en boule et tente de se protéger des morsures des deux chiens.
Soudain, Lila voit Justin courir depuis le fond du jardin et lui prêter main forte. Il pleut à verse, l'orage éclate en une zébrure terrible et un coup de tonnerre qui fait trembler la terre. L'espace d'un

instant, tout est noir, le jardin s'éteint, puis un torrent d'eau diluvien s'abat sur les hommes. Le chaton est trempé et les chiens ne lâchent pas prise. Justin tire à côté de Lila, elle ferme les yeux, émue de le sentir, et tente encore une fois de faire lâcher sa prise à Hercule. Quand elle ré-ouvre les yeux, elle voit à travers les larmes de pluie son père qui empêche Hercule de mordre le petit chat trempé, une boule de poils roux tout mouillé, que son père tient hors de portée des chiens. Le petit chat inerte ne se débat pas, reste suspendu dans les airs.
— Allez, viens ma chérie, on va le mettre au chaud dans une boîte à chaussures, tu vas voir, il va se réveiller !
— Tu crois, il a l'air tout malade ?
— Non, non, il est juste choqué à cause des chiens, mais ils ne lui ont pas fait de mal, il va s'en sortir, il faut juste le protéger de ces deux sauvages. Prends-le et porte le dans la cuisine, allez va !

Lila se relève lentement, et jette un coup d'œil au fond du jardin.
Justin est là, il se dandine d'une jambe sur l'autre. La pluie ruisselle sur son visage qu'elle ne distingue plus. L'ombre avance et l'avale peu à peu. Justin lui fait un petit signe et disparaît dans l'obscurité.
Lila se retrouve seule avec un chaton dans les bras et deux chiens hurlant qui protestent contre la

venue de cet intrus et que son père a bien du mal à calmer. David rentre les animaux surexcités dans la cuisine et les enferme dans une petite pièce attenante.
Son père pousse Lila à l'intérieur de la maison.
Lila se réfugie dans la cuisine. Son père va chercher une boîte en carton qu'il tapisse de vieux chiffons et installe le petit chat tout crotté dedans. Le chaton reste immobile, sans ouvrir les yeux. David met une casserole d'eau à chauffer et prépare une tisane pour sa fille et lui.
— Laisse-le ma chérie, il doit être épuisé, nous allons l'installer en haut sur une étagère, à l'abri des chiens.
—Je me demande comment il est venu au milieu du jardin, poursuit son père pensif, il est tout mouillé ; ils ont bien failli le dévorer, ils sont terribles tous les deux, ensemble ; je me demande pourquoi ils poursuivent les chats comme ça ?
— Oui, j'ai eu peur, j'ai cru qu'ils ne lâcheraient jamais, qu'ils allaient le dévorer tout cru, le pauvre !
— On va boire une tisane et tu pourras te rendormir, dans ta chambre. On verra comment il se porte demain.
— Papa..., Justin... était... au fond du jardin.
— Ma chérie, qu'est-ce que tu racontes, Justin est mort, il ne peut pas être au fond du jardin, même les jours d'orage.
— Mais je l'ai vu, papa
— Non ma chérie, ce que tu as vu c'est la pluie qui tombait, le chaton qui criait, les chiens qui

aboyaient, les ombres des arbres sous l'orage. Tu as eu peur sans doute.
David prend tendrement sa petite fille contre lui et la serre doucement.
— Parfois, on croit voir des choses que l'on veut de toutes nos forces, ton petit frère n'est plus là, malheureusement
Lila ne répond pas, se laisse embrasser. Elle reste dans les bras de son père, pleurant doucement. Puis elle se détourne pour regagner sa chambre, délaissant la tasse de tisane fumante. Avant de monter, elle se retourne :
— Et dans la salle de bain de Maman, c'était toi ? Les chaussures noires ?
David marque un temps d'arrêt, et lentement, détachant chaque syllabe :
— Tu es sûre d'avoir vu des chaussures noires ?
— Oui, elles étaient vernies comme les tiennes, c'étaient les tiennes, hein Papa ?
David ne répond pas, Lila attend vainement une réponse, puis, déçue, retourne se coucher.

David entre derrière elle dans la chambre sombre. Il s'assure de la fermeture des volets et allume la petite veilleuse en forme de tortue qui se réverbère sur le plafond en une tâche de lumière rassurante. Dans l'espace confiné et chaud, Lila regarde une dernière fois son père et, les yeux embués de larmes, seule malgré la présence de David, sombre dans le sommeil.

## 3

David entre dans la salle de bain de Violette. Elle se divise en un dressing immense de la taille d'une petite chambre et la salle de bain proprement dite où trône une haute baignoire, à l'ancienne, avec des pieds de lion, blanche et dorée, une cabine de douche et deux lavabos blancs. Conçue pour que la beauté de Violette soit renvoyée par les quatre grands miroirs, l'espace est un creuset, une alcôve dédiée à sa féminité. Violette se tient au milieu des miroirs, elle se regarde. Lentement, elle enlève sa belle robe noire qui chuinte en tombant à ses pieds, comme la corolle flétrie d'une fleur noire et vénéneuse. Le taffetas sombre se répand, tâche d'encre sur la moquette blanche, épaisse, qui étouffe les bruits. Violette, surprise par l'intrusion de David dans son domaine, tente de masquer sa nudité.

David, le regard dur, la dévisage sans un mot. Il ne fait pas un geste. Puis, lentement, il se déshabille, ôtant un à un ses vêtements. Il abandonne ses habits de businessman, d'homme sûr de lui, fier de son succès, de son ascension sociale et de ses symboles : une belle femme, une jolie petite fille, un château de vins récemment acquis, un commerce florissant, une belle voiture… Un homme qui reçoit dans sa belle maison, exposant sa réussite devant ses invités charmés et envieux.

En caleçon bleu marine, bordé d'un liseré plus clair, offert par Violette lors de son dernier anniversaire, et chaussettes fines noires, en fil de lin, il se tient debout et dévisage sa femme qui lui tourne le dos. Il se rapproche de Violette. Il l'enlace et lentement l'embrasse en la caressant le long du dos. Elle se laisse faire puis regarde dans la pièce voisine le lit dans lequel dort Lila. La petite fille s'est endormie, épuisée par la soirée passée debout au milieu des adultes.

Violette veut se détacher des bras de David, repousser ses avances, mais il resserre les bras et l'enferme dans une prise ajustée. Un lent sourire dessine ses lèvres. Il se penche vers l'oreille de Violette :

— Non, tu vas rester là, tu vas faire ce que je te dis, tout ce que je dis.

— Mais Lila…

— Laisse Lila, elle dort.

La présence de la petite fille dans le lit voisin excite David, Violette cesse de lutter. Les miroirs lui renvoient l'image d'une petite femme qui disparaît dans les bras musclés d'un homme qui, courbé derrière elle, la domine de toute sa taille. Elle s'attarde sur l'image renvoyée. David qui suit son regard jouit aussi de leur reflet.

Dans la chambre voisine, l'enfant endormie respire régulièrement. Les doubles-rideaux ocre sont clos et tombent en plis lourds sur le plancher, obscurcissant la pièce et lui conférant une atmosphère épaisse et confinée. Un parfum flotte, mélange de leurs deux fragrances. Elle n'aime pas

le parfum qu'il a choisi, Violette déteste l'odeur de la vanille dans les parfums, elle n'aime pas les odeurs trop sucrées préférant les notes fruitées, acidulées, plus légères.
Elle sent un haut-le-cœur l'envahir, qu'elle réfrène à grand peine.

Violette se laisse embrasser par David. Il caresse l'épaule ronde, encore dorée, et dans son souvenir de l'été, salée par les embruns de la course en bateau. Il fait glisser la bretelle de la combinaison en soie grège pour découvrir un sein rond qui émerge du tissu froid. Il effleure le mamelon de sa bouche. Il suit les frémissements, les poils blonds qui se hérissent. Soudain, il se détache de Violette, la mâchoire dure. Le poing fermé, il frappe au creux de l'épaule, un coup brutal, sec et intense, qui déséquilibre Violette. La jeune femme pose un genou à terre et se courbe en deux.
David, une lueur folle dans le regard, affiche un rictus mauvais au coin des lèvres. Il se penche sur sa femme et lui assène d'un revers de main une frappe directe sur le visage. Une gifle, aller-retour, broie sa mâchoire. Violette gémit et tombe. Elle tente de se protéger de l'avalanche de coups qui s'abat sur elle.
— Salope, tu croyais que je ne saurais rien de tes petites magouilles, hein, tu pensais que je ne verrais rien de tes manigances ? Tu crois que je ne te vois pas quand tu aguiches les hommes, hein, c'est qui ton préféré, hein, c'est qui ?

Les coups se précisent, il frappe de manière rythmée et cherche à faire mal. Violette serre les dents, un gémissement s'échappe de ses lèvres.
David la retourne, la relève et lui assène deux autres gifles retentissantes.
Violette, le souffle coupé, s'effondre.
David reprend sa litanie de reproches qui n'appellent pas de réponses :
— Sale pute, tiens, tu n'as que ce que tu mérites. Tu aimes ça, hein, tu aimes, quand c'est moi qui ait la plus grosse hein ? Tiens et tiens, salope, bich, pute !
Sans cesser de la gifler, David fait glisser son caleçon et sort un sexe turgescent et raide, droit comme un i au garde-à-vous. Il relève la tête de sa femme par une poignée de cheveux.
— Suce-moi, salope, fais ce que tu sais faire le mieux, et fais-le à moi, rien qu'à moi, vas-y, pute, sale pute, suce salope, suce ma bite, tu aimes hein, tu aimes ma grosse queue pour toi !
David s'excite de plus en plus. Il avise la ceinture de la robe de chambre de la jeune femme, il la prend et commence à attacher Violette aux pieds de la baignoire. Une deuxième ceinture achève d'immobiliser la jeune femme. Il s'approche et renversant la tête de Violette en arrière, il lui enfourne son sexe dressé dans la bouche. Docile et appliquée, Violette commence une longue fellation. Elle lèche le membre de son époux, enfourne plusieurs fois son sexe dans sa bouche en des allées et venues dignes d'une

professionnelle. C'est le seul moyen de calmer David. Elle met dans sa caresse toute l'application possible. Les coups enflamment sa peau, ses muscles sont endoloris, mais elle s'applique, rendant à son mari des caresses pour ses coups. Immobilisée, Violette aime la brutalité de David. En dépit de la douleur, elle aime qu'il soit le plus fort et qu'il la possède violemment. Elle en redemande, encore et encore, comme une drogue, un sexe brutal, violent, dominateur. La violence de son homme s'imprègne dans sa peau, marquant de bleu le bronzage doré, mais elle aime les coups portés dont elle imagine qu'ils effacent les baisers tendres mais un peu fades de Raphaël.

David ferme les yeux, tient toujours sa femme par les cheveux, mais sa prise mollit. Au fur et à mesure qu'elle aspire le membre tendu, elle gagne des minutes précieuses contre la violence de son partenaire. Elle accélère progressivement, en même temps qu'il halète de plaisir ; soudain, il l'arrête, la relève, lui colle une gifle spectaculaire, il la retourne sur le ventre et relevant la petite combinaison affriolante, se prépare à la pénétrer. Il détache les ceintures et prend des menottes et un martinet dans un placard de la salle de bain ainsi qu'un petit fouet en cuir. Il ajuste les menottes aux poignets de la jeune femme et lui applique un premier coup sur les fesses. Elle se tend, gémit sous la douleur. David, debout derrière Violette attachée, ajuste ses coups. Le martinet cingle une

nouvelle fois la peau offerte qui cherche à se dérober. David, une lueur dans le regard, répète les coups. Il regarde se marbrer la peau légèrement dorée de sa femme. Violette, les bras écartés, de dos, croupe offerte, est totalement exposée et soumise à son mari.
Elle étouffe un sanglot quand, d'un mouvement continu lent et intense, il la sodomise. Violette serre les dents quand il force un passage qu'il connaît par cœur et qu'elle ne veut pas protéger.
Elle se détend. Une fois la première douleur passée, une vague de plaisir déferle en elle. Comme toujours dans leurs ébats, la jeune femme prend une jouissance aigüe et un plaisir fulgurant à sa soumission.
David pousse deux ou trois râles, s'enfonce plus profondément en se laissant aller. Les intensifs va-et-vient s'accélèrent, il se concentre, elle reste abandonnée dans sa main fermée sur ses cheveux, attendant un coup espéré et redouté. Elle ferme les yeux, se cale sur son rythme, sentant monter le plaisir.
Il jouit vite, violemment, intensément. Violette jouit aussi, quelques secondes après. Il sourit méchamment, courbe la nuque de sa femme en lui léchant les oreilles. Il la domine de toute sa hauteur et sa force, jouissant d'être le seul, le seul mâle qui la pénètre comme ça, par tous les orifices.
Elle déteste cette caresse. Elle déteste qu'il lui emplisse les oreilles de sa salive baveuse et tiède.

— Tu aimes ça, hein ma salope, tu aimes être ma pute, tu aimes que je te bourre, sale petite pute, tu en veux encore, hein, par devant cette fois hein, tu veux que je te prenne et jouir encore ?
Violette ne répond pas, il se retire, reste un instant immobile sur elle, l'écrasant de son poids. Puis reprenant ses esprits, il défait une menotte, la retourne et malaxant ses seins, reprend conscience. Il sourit et commence une caresse vague qui se précise de plus en plus. Il embrasse son sein, s'attarde autour de l'aréole, lèche les mamelons jusqu'à ce qu'il les sente, dressés et attentifs, demander du plaisir encore.
Violette se renverse en arrière et se maudit intérieurement, mais David connaît trop bien les caresses qui la font fondre. Elle ne résiste pas, elle s'abandonne.
David immobilise son bras libre ; Violette, attachée aux pieds de la baignoire, fait face à son mari. David malaxe ses seins. Il prend son temps jouissant du spectacle de son épouse abandonnée, immobile et à sa merci. Sa bouche descend vers le sexe humide de sa compagne. Le désir l'enflamme et la rend vulnérable. Elle referme les jambes en un réflexe, juste avant que la gifle l'atteigne au ventre.
David se redresse et après le coup, plonge son visage entre les lèvres frémissantes d'un sexe qui s'offre, se dérobe, s'affole des coups et se tend vers la caresse. Il prend le martinet et fouette les mollets de Violette. Les cinglements raniment la douleur. Elle étouffe un cri. Il sourit, lâche le fouet

et caresse de la langue les petites lèvres. Il s'attarde dessus. D'une langue appuyée, il ouvre l'abricot mûr et s'engouffre entre les grandes lèvres, plongeant dans l'univers odorant d'une vulve offerte. Violette gémit, à peine remise de la brûlure des coups, elle rythme la langue de son mari qui farfouille dans les tréfonds de son être. Elle se souvient des coups et, pour ne pas laisser fléchir son désir, les traduit en autant de marques d'amour. Violette succombe toujours aux caresses de David.

Ils jouent un jeu dangereux dont ni l'un ni l'autre ne peut se passer. David s'abandonne un instant, puis dit :

— Tu es toute à moi, personne d'autre ne te baise hein, dis-moi ?

Il tire sur les cheveux, le front renversé en arrière, elle secoue la tête, et renchérit.

— Non, bien sûr que non, il n'y a personne d'autre, tu le saurais, tu penses, je ne te cache rien.

— Ah ouais ? Lila a vu un homme avec toi dans ta salle de bain, hein, c'était qui ?

— Mais n'importe quoi, Lila raconte des histoires, tu sais bien qu'elle a une imagination débordante, et elle est perturbée par… Justin…, elle voit des choses qui n'existent pas ! Il n'y avait personne dans la salle de bain !

David tire les cheveux de Violette jusqu'à la rapprocher de sa bouche qui insiste, toute colère rentrée :

— Tu es à moi, jamais un autre ne te touchera, tu entends ? Jamais !
Un dernier coup part, appuyé, contrôlé, sec et l'atteint à l'épaule, Violette pivote et tombe sur le tapis, suspendue aux menottes, sonnée.
Violette a la vision d'un Raphaël tendre et attentif, mais qui échoue à la faire aussi bien jouir que son pervers de mari. Même si, à chaque fois, elle se demande s'il ne va pas la tuer, avec son consentement. S'ils sauront s'arrêter à temps dans leurs désirs pervers et addictifs auxquels ils ne peuvent se soustraire. Elle ferme les yeux, étourdie par le coup, la vision de Raphaël devant les yeux.
Violette tente de se rassurer sur sa vie sexuelle plus calme, dans les bras de son amant, même si elle s'y ennuie un peu. Elle se dit qu'elle pourra toujours se réfugier chez Raphaël si David dérape, si un jour, il se montre plus suspicieux que d'habitude, ou si ses coups deviennent trop violents. Les pensées tournent dans sa tête, David la relève et l'embrasse fougueusement.
— Tu ne seras jamais à un autre, jure-le-moi !
Violette, les yeux dans les yeux de David, lentement acquiesce.
— Oui, oui, je te le jure.
Car au fond, Violette adore ces parties de jambes en l'air où tout part à vau-l'eau et où rien n'est contrôlé.

Le lendemain matin, Lila et Violette prennent le petit déjeuner. Violette a les yeux cernés et du mal

à avaler son café matinal. Les bleus qui marquent sa peau l'empêchent de s'asseoir sur une chaise. Alors, elle feint de s'occuper, dans la cuisine, à préparer le petit déjeuner de Lila.
Elle presse sa fille qui se réveille juste.
— Allez, Lila, dépêche-toi, il faut t'habiller, je t'emmène chez Mamie.
— Oh, Maman, je pourrais pas rester avec toi ? J'adore être avec toi quand tu dessines.
— Non, je ne te veux pas dans mes pattes quand je suis au journal, je travaille et tu vas t'ennuyer.
— Non, je vais pas m'ennuyer, Laurine me prêtera ses crayons et je ferai des dessins.
— Non, pas question, là je n'ai pas le temps et Laurine doit rendre un projet aujourd'hui, on est tous charrette, on ne peut pas s'occuper de toi.
— Oh c'est nul !
Lila boude et chipote sa tartine de pain beurrée.
— Allez, mange ma chérie.
— J'ai pas faim.
Violette regarde sa fille, laisse passer un court instant puis dit :
— Dis-moi ma chérie, qu'est-ce que c'est que ces chaussures que tu as vues dans la salle de bain, hier soir ?
Lila regarde sa mère et devient toute rouge.
— Ben c'est les chaussures de Papa, tu sais, les noires vernies, il était avec toi dans ta salle de bain quand tu t'habillais pour la soirée.
— Ah, mais non, il n'y avait personne dans la salle de bain avec moi hier soir.

— Ah si, Papa m'a dit qu'il était avec toi justement !
— Tu as parlé de ça avec ton père ?
— Oui, pourquoi, fallait pas ?
Violette a du mal à contenir sa colère, elle se demande si Lila a vu autre chose que des chaussures.
— Tu aurais dû m'en parler d'abord, ma chérie, entre filles tu vois on devrait se dire les choses. Tu as vu autre chose ?
— Non, non, juste les chaussures noires vernies de papa.
— Et tu étais où pour voir ça ?
— Euh… Derrière les rideaux.
— Ah !... Et tu m'espionnais ?
— Euh… C'était pour rire, je jouais à être invisible…, mais…
Lila écarquille de grands yeux et poursuit :
— C'était les chaussures de papa, hein ?
— Oui, bien sûr que c'était les chaussures de Papa, de qui d'autre voudrais-tu que ce soit, mais quand même, tu n'as pas à te cacher dans ma chambre et surtout, tu aurais dû m'en parler d'abord.
— Ah !
Lila baisse la tête puis continue :
— Et… pas en parler à Papa ?
Violette s'approche de sa fille et lui relève le menton :
— Oui, peut être justement ne pas en parler à ton père, tu sais parfois, il se met en colère pour rien.

Lila qui connaît les colères subites et dévastatrices de son père, acquiesce
— Oui, si tu veux Maman.
Violette insiste :
— C'est d'accord, tu me parleras d'abord ?
Lila regarde sa mère puis, encouragée, poursuit :
— Et... pour Justin aussi je te parle d'abord ?
Violette, surprise, laisse éclater sa colère :
— Quoi pour Justin, il n'y a rien à dire pour Justin, ton frère est... ton frère est...
— Parti..., mais justement, il revient parfois, je le vois.
— Comment ça tu le vois ? C'est pas possible, tu ne peux pas le voir, il... il...n'est plus là !
Lila secoue la tête, elle va insister et raconter à sa mère l'épisode du petit chat et de Justin dans le jardin quand elle s'arrête, se rendant compte de l'état dans lequel se trouve sa mère.
— Tu... tu es folle, il... il... est...mort...
— Oui, mais avec Papa, quand on a trouvé Julius dans le jardin, il y avait aussi Justin, il était au fond, près du mur !
Violette s'approche de sa fille et lui prend la main.
— Ce n'est pas possible ma chérie, Justin n'est plus avec nous, ce devait être une ombre, tu sais, le figuier au fond du jardin, il fait des ombres sur le mur et dans le noir, tu as dû confondre... mal voir...
— Oui, mais non, c'était Justin, il me disait bonne nuit avec son pyjama Superman...
— Ça suffit ma chérie, arrête ! Tu ne peux pas avoir vu Justin. Il est...

Les mots s'étranglent dans sa gorge, Violette ne peut aller au bout de sa phrase. Elle se lève, jette un regard furieux sur sa fille et quitte la pièce.
Lila, le nez dans son bol de chocolat, caresse machinalement le chaton qui trône dans la cuisine et reste prudemment hors d'atteinte des chiens. La petite fille a les larmes aux yeux. Elle se repasse le film de ce qu'elle a vu dans le jardin puis dans la salle de bain de sa mère, sans comprendre ce qui met cette dernière dans un tel état.

# LA SIXIÈME ROBE :

# LA ROBE DU BAL DU 14 JUILLET

# 7 robes et Lila

## 1

Ils ont décidé de se retrouver au bal du 14 juillet qui a lieu chaque année, à Andernos, sur l'esplanade face à la mer.
L'année dernière, ils y sont allés avec les deux enfants, Justin et Lila. Ils se sont amusés, insouciants, heureux.
Cette année, Violette ne voulait pas s'y rendre sans Justin. Cela fait presque un an que l'enfant a disparu. David a insisté et elle a changé d'avis, au dernier moment. Ils ont accepté d'accompagner Mado et Raphaël.
Il fait une chaleur d'apocalypse, une de ces chaleurs lourdes où le soleil semble du plomb fondu déversé sur la terre. À marée basse, le Bassin est vide et les bateaux ventrus échoués sur la vase semblent attendre, abandonnés, un avenir improbable qui n'arrivera pas.
L'air est immobile, lourd de chaleur, pas un souffle de vent. Le ciel est blanc, d'une colère rentrée. Même les mouettes volent sans conviction, écrasées de chaleur.
C'est le soir, les flonflons retentissent, baroques et dysharmoniques, accords désarticulés des instruments qui s'échauffent. Dernières mises au point, balance, micro. Les baffles noirs attendent avant d'envoyer leur son brut, sourd et mat. Des guirlandes posées sur les tables et dans les arbres,

bleues, blanches, rouges, égayent l'atmosphère lourde.
L'orchestre prend place à la tombée de la nuit pour le concert. Un DJ tente de faire démarrer l'ambiance en faisant danser les enfants sur la grande place. Parents et grands-parents admirent leur progéniture, l'air attendri, s'émerveillant des pas de danse timides des petites filles qui hésitent à s'aventurer sur la piste déserte.

Violette déteste les fortes chaleurs. Justin est mort un jour de forte chaleur, le 15 août l'année dernière.

Ils se promènent sans but sur le front de mer et déambulent en suivant la plage. Ils marchent jusqu'au bout de la grande jetée de pierres qui prolonge la promenade. Face au Bassin, désolé de « séchitude », les quatre adultes regardent des enfants plonger dans l'eau qui s'attarde dans le grand chenal et forme un trou d'eau où les gamins jouent et s'éclaboussent.
Un bel enfant mince, au dos bronzé, se retourne et sourit à Violette avant de sauter en criant de plaisir. Elle se met à pleurer. David, un bras passé autour de ses épaules ne dit rien, impuissant face au chagrin immense qui la terrasse.
Violette s'essuie les yeux.
— Je suis désolée, je ne peux pas m'empêcher d'y penser.

— Ne t'excuse pas, c'est déjà super que vous soyez venus, dit Raphaël, la main dans la main avec Mado, si on allait prendre un verre ?
— On va au Bar des Amis ?
— Allez, let's go !
David, incapable de consoler Violette, prend sa femme par la main et l'embrasse. Ils restent en retrait puis emboîtent le pas à Raphaël et Mado.

Ils s'attablent à un bar en bordure de la piste et commandent deux margaritas et deux bières. Au bout de quelques verres, le concert bat son plein. Les couples dansent au son du chanteur qui enchaîne les rocks. Quelques reprises de Noir Désir, L'homme pressé et Le vent t'emportera, achèvent de transporter les touristes, avant quelques reprises de Strokes.
Raphaël entraîne Violette sur la piste. Mado et David s'élancent aussi. Un, puis deux rocks, et les accents de John Lee Hooker retentissent pour la plus grande joie des fans de ce morceau, l'un des plus longs de l'histoire.
Violette et Raphaël s'accordent, se cherchent, se ratent, se reprennent, pour leur plus grand plaisir, course amoureuse et danse endiablée, le rock est un de leurs plaisirs partagés. Ils forment un couple harmonieux et pratiquent un rock coulé et souple qui fait l'admiration des spectateurs.
Raphaël se rapproche de sa partenaire, pris dans son parfum et l'excitation de la danse, il l'enlace, la rapproche de lui et l'embrasse. Violette, surprise,

tourne la tête et reçoit le baiser à pleine bouche. Ils s'embrassent, et l'espace d'un instant, eux seuls existent. Violette, si frêle dans sa robe noire ajourée dont le haut de dentelle souligne la poitrine palpitante, sourit. Elle oublie le drame qui l'accable et répond fougueusement à son amant.
Raphaël, au mépris de toute prudence, la ceinture, faisant ployer la silhouette fine, et l'embrasse à bouche-que-veux-tu. Ils tournent enlacés et se perdent dans la foule des danseurs. Mado et David dansent un rock endiablé quand soudain, les plombs sautent et tout s'éteint. Une clameur de désapprobation, les portables éclairent partiellement la piste, au hasard, lancent des rais de lumière blanche. Le baiser de Raphaël et Violette est soudainement et brièvement éclairé par un faisceau lumineux. Raphaël reprend ses esprits et se dégage des bras de Violette. Dans le noir, il sent un regard insistant, se retourne et se trouve face à David et Mado qui reviennent du fond de la piste.
Raphaël, gêné, se demande si David a perçu leur baiser.
Violette s'est arrêtée, indécise, au bord de la piste. Sa robe noire toute simple, droite, qui épouse son corps au plus près, tranche avec les robes colorées et les jupes volantes des jeunes femmes qui se massent sur la piste.
Il faut plusieurs minutes pour réparer les plombs et que la musique reprenne, suffisamment pour casser l'ambiance de fête dans laquelle ils se sont

laissés prendre. Les danseurs, les bras ballants, attendent dans la pénombre.
Violette est distante, Raphaël ne sait sur quel pied danser avec David, Mado prend la situation en main. Elle se rapproche de Violette :
— Viens, allons prendre un verre à la buvette.
Les deux femmes s'éloignent, suivies des deux garçons à quelques pas derrière. David se penche vers Raphaël, et gronde tout bas :
— Tu embrasses ma femme maintenant, elle te plaît, elle est bonne hein ?
Décontenancé par l'attitude menaçante de David, Raphaël bafouille :
— Euh... Non c'est juste que... Elle est si triste... C'est un baiser d'ami pour la consoler...
— Ah ouais ! Eh ben, si tu t'approches encore d'elle, je te défonce. Même si tu es mon pote, je te tue, tout ami que tu es.
Raphaël, surpris par le ton agressif de son ami, ne reconnaît plus le gentleman chef d'entreprise, contrôlant ses émotions, qu'il a l'habitude de fréquenter. David est dur, et le ton de colère rentrée ne laisse aucun doute sur ses intentions.
— Non, mais tu rigoles, c'est un malentendu, il ne se passe rien entre Violette et moi, on est amis c'est tout.
— Ouais, ben reste en dehors de ça et ne t'approche pas d'elle, elle est à moi, tu entends, à moi !

Les derniers mots, prononcés avec rage, sifflent. David, le regard noir, serre les poings, la colère le submerge, il se contrôle tant bien que mal.
— OK, OK, mec, t'emballe pas, c'est juste un malentendu, je la touche pas, c'est ta meuf, pas de problème.
David secoue la tête. La colère reflue, les mots et l'amitié venus de l'enfance arrêtent la rage.
— Ouais, t'as plutôt intérêt !
Ils parviennent à la buvette et jouent des coudes pour commander des verres, derrière les deux filles. David se glisse derrière Violette. Il se cale derrière elle et plaquant son corps massif contre le dos de la jeune femme, lui glisse à l'oreille :
— Salut ma chérie, tu vas pas t'en tirer comme ça, hein ?
Il la ceinture, la prend à la taille, par derrière, et malaxe un sein d'une main, il lui souffle dans le cou un baiser fiévreux, à la racine des cheveux où les mèches blondes bouclent de chaleur.
Elle se laisse faire, se frotte contre lui en fermant les yeux à demi. Elle se retourne et l'embrasse à pleine bouche. Ravi, David accentue sa pression et ils échangent un baiser fougueux et sensuel sous les yeux ébahis de Mado et Raphaël.
David jette un regard triomphant à son ami, entourant ostensiblement sa femme de son bras. Raphaël détourne le regard.
Violette arrange un peu son chignon qui ne retient plus que quelques mèches. La main dans la main, David et Violette filent le parfait amour.

Ils se dégagent de la foule et s'éloignent vers la plage, leur verre à la main. L'air est doux, une lune claire monte dans le ciel, un fin croissant sculpté dans le bleu noir de la nuit.
Ils descendent sur la plage et s'assoient. Violette pose sa tête sur les genoux de David, Mado et Raphaël se serrent l'un contre l'autre. Elle s'allonge dans la même position pour regarder les étoiles qui s'allument dans le ciel.
Le temps passe et s'étire. Un pur moment de calme, presque de bonheur.
Mado dit en souriant, regardant les étoiles :
— Je voudrais que ça dure toujours.
— Mumm... répond vaguement Raphaël à moitié endormi.
— Je voudrais que rien, jamais, ne change.
Les étoiles scintillent au firmament et seule la nuit entend ses paroles.

## 2

Ils se sont secoués vers vingt-trois heures et ont regagné la place. La piste était moins bondée, les familles commençaient à partir, les enfants fatigués et ronchons endormis dans les bras des parents ou dans les poussettes.
Raphaël a donné le signal du départ le premier. Il s'est éveillé, s'est tourné vers Mado, blottie dans ses bras.
— On y va ma chérie ?
Mado, les yeux embués de sommeil, s'extirpe des bras de Raphaël, se lève tant bien que mal.
David se lève à son tour, Violette le suit. David la tient toujours, un bras passé autour de son cou.
Ils prennent le chemin du retour.
Arrivés à la voiture, ils s'embrassent et David et Violette s'y engouffrent pour rejoindre la presqu'île, tandis que Raphaël et Mado se dirigent à pas lents vers leur petite maison au fond d'une impasse, près du petit bois du Broustic.
Ils aiment cette maison dont Mado a hérité. Un petit jardin avec un chêne planté par la grand-mère de Mado, un air de campagne avec le Bassin d'Arcachon à trois cents mètres. Une vie de village malgré l'affluence des estivants, chaque année plus nombreux.
Ils s'installent dans les chaises longues et le hamac suspendu entre le chêne et un piquet planté par Raphaël.

Il fait délicieusement frais, la nuit est claire, une odeur d'herbe mouillée envahit le jardin.
Raphaël ferme à demi les yeux, Mado dit à voix basse :
— Je veux un enfant.
— Oui moi aussi, ma chérie, on fait tout pour.
— Oui mais si ça ne marche pas ?
— Mais si, ça va marcher, tu es jeune, 35 ans c'est encore très jeune.
— Oui mais ça fait trois ans que nous essayons d'en avoir et que ça ne marche pas. En septembre, si rien ne se passe, j'irai consulter et on fera une FIV si nécessaire, je n'en peux plus d'attendre.
— Si tu veux ma chérie, je ferai comme tu veux.
Une chouette fait entendre son hululement dans le petit bois voisin. Un hérisson fouille à côté des poubelles et froisse les feuilles, leur chien vient blottir son nez dans la main de Mado. Le calme de la nuit enveloppe la petite maison.
Soudain, la voix claire de Mado :
— Tu ne me trompes pas, Raphaël ?
Raphaël, surpris, ne répond pas immédiatement, il se lève, se rapproche de Mado qui se balance dans le hamac, une jambe nonchalamment pliée, l'autre qui rythme le va-et-vient.
— Mais pourquoi me dis-tu ça, je t'aime, arrête.
— Je ne sais pas... une idée... stupide sûrement. Ils sont si malheureux que parfois je me reproche d'être aussi heureuse avec toi, comme si nous n'avions pas le droit d'être heureux.
— Je t'aime ma chérie.

# 7 robes et Lila

Raphaël clôt d'un baiser toute nouvelle parole et ferme les lèvres de sa femme qu'il prend dans ses bras et conduit jusqu'à la couche. Il règne dans la chambre aux draps épars une odeur de foin coupé et de bois vermoulu, une légère odeur de renfermé. La maison ne sert pas beaucoup, quelques mois d'été seulement, et reste fermée à l'année.
Mado se laisse aller et ils font l'amour dans la chambre aux volets ouverts sur la forêt, sous la lumière de la lune et le hululement de la chouette voisine.

David et Violette sont retournés chez eux, dans l'appartement où Lila est gardée par une petite voisine.
Ils libèrent la jeune baby-sitter. Lila s'est endormie dans la chambre aux deux lits blancs. Elle est encore dans le lit de son frère, ne pouvant dormir ailleurs.
Violette caresse la joue de sa fille, une larme tombe sur le héros de Cars et les draps bleus.
Elle quitte la chambre à regret et rejoint David sur la grande terrasse qui plonge presque sur la mer. On entend les haubans des bateaux sur la grève qui cognent et tintent sur les mâts.
Une légère brise se lève, faisant apparaître des vaguelettes luminescentes. Un groupe de jeunes gens s'attardent sur la plage et s'éclaboussent en riant.
David se tait. Soudain :
— Tu me trompes ?

— Hein, quoi ? Non, non !
Une claque part, sèche, unique, brutale. David fait face à Violette et la domine de toute sa hauteur.
— Dis-le, tu me trompes, avec lui en plus.
— Non je te dis, non, jamais !
Une autre claque, Violette se recroqueville dans l'angle, tentant de se protéger des gifles qui la laissent sonnée.
Un coup sur l'épaule, David insiste :
— Dis-le, hein, dis-le, il te baise hein, je vous ai vus sur la piste, tu me trompes, avoues, dis-le !
— Non, jamais, je t'aime !
Elle s'effondre sur le sol, petite poupée de chiffon secouée de sanglots.
Il se penche vers elle, le sourire mauvais, et lui applique une claque retentissante
Violette étouffe un cri et se met à sangloter. Les pleurs de sa femme, insupportables, déclenchent une pluie de coups qui s'abattent sur elle. Il frappe partout sur le corps, sauf au visage, elle pare maladroitement les coups, puis étendue au sol, se protège tant bien que mal.
Penché sur elle, les yeux exorbités, fou de jalousie, il insiste :
—Tu le baises, hein ? Dis-le-moi, hein ? Tu le baises, salope !
Les coups tombent, un coup de poing sur l'épaule, il la prend par le bras et le lui tord jusqu'à ce qu'elle le supplie d'arrêter :
— Non, non, je te jure, tu me fais mal, arrête !

# 7 robes et Lila

— Maman, Maman ! Lila appelle d'une petite voix depuis son lit.
Violette se relève, David suspend son geste, les yeux fous, il s'arrête à la voix de sa fille.
Lentement, Violette se relève, tremblante sur ses jambes, elle vacille un instant, puis remettant machinalement une mèche de cheveux dans son chignon défait, elle se dirige vers la cuisine pour prendre un verre d'eau.
Elle prend une grande inspiration et entre dans la chambre de Lila.
— Maman, Justin, il est là, regarde, il est là, dans la chambre, il veut dormir dans son lit, regarde !
Violette soupire, tendrement, elle s'assoit sur le bord du lit et caresse le visage de sa petite fille qui, les yeux écarquillés, regarde dans l'angle de la chambre le fantôme de l'absent.
Au bout d'un moment, la petite fille se tourne vers sa mère :
— Il était là, Maman, je l'ai vu.
De guerre lasse, Violette murmure à voix basse :
— Oui ma chérie, oui, rendors-toi mon amour, fais dodo ma chérie, fais dodo.
La petite fille ferme doucement les yeux et se retourne vers l'autre lit. Elle a changé de lit et occupe celui dont la couette est rose, à l'effigie d'Arielle, la petite sirène, la princesse préférée de Lila, avec Rebelle, la jeune fille aux longs cheveux roux.
Tout doucement, Violette se lève et sort de la pièce.

Elle se réfugie dans la salle de bain et se passe de l'eau sur le visage. Elle découvre lentement les ecchymoses laissées par les coups aveugles de son mari. Elle prend un tube de pommade et frotte lentement, en cercles patients, sur les traces de coups.

Puis elle remet la bretelle de sa nuisette et entre dans la chambre.
David est couché, tourné vers le mur, il feint de dormir.
Quand Violette ouvre les draps et se glisse dans le lit, une main lui effleure le sein. Immobile, elle ne répond pas. La caresse se fait plus précise, David se tourne vers elle :
— Je t'aime, je ne te laisserai jamais, je t'aime.
Il embrasse les épaules meurtries, s'attarde, descend vers le sexe fermé de la jeune femme. Peu à peu, les caresses éveillent Violette, les jambes s'entrouvrent, son souffle s'accélère.
David insiste, sa langue entrouvre le sexe de Violette qui gémit.
Elle ne fait aucun geste, mais son immobilité feinte excite davantage son partenaire qui, le sexe érigé, la regarde.
Il ouvre les jambes de la jeune femme qui résiste un peu. Il insiste et la pénètre d'une seule poussée ferme, lente, assurée.
Violette frémit, les coups inscrits sur son corps, sur sa peau, se marbrent de rouge sous la pression des caresses. Elle a mal, mais lorsque David se

transforme et devient son amant, elle ne peut lui résister longtemps. Elle se maudit de sa faiblesse, mais à nouveau, comme à chaque fois, elle cède. Et lentement, très lentement, elle épouse le va et vient de l'homme qui, il y a une heure, la rouait de coups.
Peu à peu, entre douleur et plaisir, il l'amène à une jouissance longue et maîtrisée. Elle va partir dans les nuages de son plaisir quand sa voix feutrée chuchote à son oreille :
— Il te baise comme ça, lui, il te fait jouir comme ça, lui ?
Elle se détourne, se garde bien de répondre, et attend que l'orage passe, balayé par la jouissance qui déferle sur elle et lui ensuite.
Il poursuit son mouvement, semble maintenir le plaisir hors d'atteinte, puis il se livre et la livre à la vague qui l'emporte, délicieuse, immense, longue. Un moment après elle, un instant qui lui paraît une éternité suspendue, il s'abandonne et jouit à son tour.
Violette se laisse aller sur l'épaule de son mari et deux larmes roulent sur les draps froissés.
— David, nous sommes damnés.

David, les yeux clos sur son plaisir et celui de sa femme, un petit sourire satisfait en coin, ne répond pas.

## 3

Au petit matin, Lila se lève, les yeux tout ensommeillés. Elle se glisse dans le lit de ses parents et tente de se rendormir, sans y parvenir.
— Maman, Maman, Justin me manque, je le vois dans mes rêves, il vient toutes les nuits me dire qu'il veut pas être mort !
Violette, encore endormie, se tourne vers sa fille et sans bien écouter ses paroles, la prend dans ses bras.
— Chuut, ma chérie, il… il nous manque à tous…, il…
Incapable de poursuivre, les mots accrochés au fond de la gorge, le corps de sa fille lové contre elle, Violette pleure doucement.
Lila écoute sa mère pleurer.
— Mais Maman, moi je sais, il est pas vraiment mort, il est monté au ciel et il est avec les anges, ses copains. Tu sais, Justin il se fait toujours plein de copains, moi je sais qu'il est là-haut avec les anges du ciel et il nous voit, et de là-haut, il vient me dire bonjour la nuit quand je dors pas.
Je le vois tous les jours, il est là où je suis, sur la plage, dans l'eau, sur le bateau, à la cave quand je vais chercher le vin ou que je vais dans les coins noirs où y'a des araignées. Justin, il m'accompagne et me dit ce que je dois faire.
— Chuut ma chérie, ton père dort et déteste être réveillé, parle doucement, chut… ! Tais-toi, parle moins fort…

David se tourne dans son sommeil et à son tour, prend sa fille dans ses bras.
— Mumm... Faites trop de bruit ! ! ! Taisez-vous, je veux dormiiiiir !
Lila et Violette se taisent, bientôt la respiration de David reprend, rythmée, régulière, il s'est rendormi.
Violette s'endort aussi.
Seule, Lila se glisse hors du lit et va dans sa chambre caresser son chat.
Le chaton ronronne tranquillement sur son lit, elle le prend contre elle, comme un bébé, et fourre son visage dans la fourrure odorante.
— Ils ne comprennent pas, Justin est là, il descend du ciel et il vient jouer avec moi parce qu'il sait que je suis toute seule maintenant qu'il est parti, mais je vais te dire un secret, je vais aller le rejoindre, avec lui je vais aller voir les anges, on ne peut pas nous séparer, je ne veux pas être là sans lui, c'est trop dur. C'est lui qui sait tout, il sait faire du chocolat chaud avec des carrés de chocolat qu'on fait cuire au micro-ondes avec de l'eau et du lait, il sait que je n'aime pas le sucre sans le sel, il sait tout ce que j'aime, le beurre salé, le chocolat, les petits pois frais, les cerises, Agathe, ma poupée, Maman et Papa quand ils se disputent pas... Justin...Tu vois Julius, je vais le rejoindre bientôt !
Lila, le visage enfoui dans la fourrure du chaton, pleure aussi.

Le jour se lève à peine, Lila prend son chaton et sort doucement de l'appartement. L'immeuble est endormi et le jour pointe à peine, Lila est nus pieds sur le sol froid. Les marches ont des angles aigus et elle craint de se blesser, ce qu'elle a fait de nombreuses fois. Elle descend vite les étages, retient sa respiration dans le noir de l'immeuble qui dort. Elle pousse la porte d'entrée et se retrouve les pieds dans la rosée. Julius se réveille et saute de ses bras. En deux bonds, il est devant elle. Il escalade la grille tandis que Lila ouvre avec difficulté le battant rouillé qui pivote lentement.

La petite fille se retrouve sur la plage. Le sable est froid à ses pieds nus. C'est marée haute, des traces de varech s'accrochent sur les hauts piquets qui lacèrent le ciel de leurs bras implorants. Lila aime la solitude si particulière du matin, lorsque la nuit s'attarde encore et que la courte brise du sud soulève les cheveux.

Lila se dirige vers la petite église et le muret d'où Justin et elle s'amusaient à lancer des cailloux.

Justin avait tenté de lui apprendre à lancer des petits cailloux dans l'eau pour faire des ricochets, mais Lila préfère que les cailloux disparaissent dans l'eau. Elle aime les suivre jusqu' à ce qu'ils soient avalés par l'eau. Elle imagine qu'ils vivent leur vie dans l'eau avec les crabes, les poissons, les étoiles de mer et les sirènes.

Lila se dit que les sirènes ont emporté Justin dans leur royaume sous-marin. Lila, en promenant son chat sur la plage, s'éloigne au bord de l'eau et se dirige vers le petit port où les voiliers blancs tanguent au gré du vent.

# 7 robes et Lila

Lila entend le tintement des haubans sur les mâts des bateaux. On dirait, comme dans « Le seigneur des Anneaux », regardé un soir en cachette de leurs parents, l'appel des elfes pour se rassembler et former une armée avant la grande bataille. On dirait les armées du roi de la mer qui se réunissent et affluent jusqu'à un mystérieux lieu de rencontre.
Lila, emporté par une imagination trop fertile et une sensibilité à fleur de peau, imagine faire partie du peuple de la mer et se rendre avec lui, au lieu du rendez-vous.
Elle parvient en face du phare, sur la plage à côté du dernier promontoire, là où les eaux du Bassin rejoignent celles de l'océan, là où le vent du large fait entendre le plus fortement son appel.
Lila se tourne vers l'horizon, regarde la barrière de l'océan où les vagues se brisent et laissent une traînée blanche d'écume.
Est-ce que Justin est dans le vent avec les elfes et les sirènes ? Est-ce que Justin nage sans fin au milieu des poissons et des algues ? Est-ce que Justin est devenu un ange ? Est-ce que Justin est parti de l'autre côté du monde où la nuit rejoint l'horizon, où le ciel et la terre s'embrassent, là où plus rien n'existe que le murmure incessant des flots et le rire perlé des sirènes ?

Julius la ramène à la réalité en faisant un bond jusque dans ses cheveux et jouant avec une mèche que le vent soulève. Le chaton joueur s'accroche et la gêne de son poids. Elle lève un

bras et tente de le décrocher. Elle aimerait plonger dans l'eau douce du matin. Ce moment où personne ne vient troubler son intimité, où rien ne perturbe le clapotis calme de l'eau, que la clarté du matin intensifie en une lumière virginale et pure, comme si la nuit avait lavé les péchés des hommes. Le chaton choisit précisément cet instant pour jouer et sauter partout en bonds désordonnés. Il saute en l'air, part à toute allure, revient, tourne autour de lui-même en jouant avec sa queue.
Lila finit par éclater de rire au spectacle joyeux du chat sauteur.
— On aurait dû t'appeler ping-pong, et pas Julius, Maman ne veut pas qu'on t'appelle Justin.

Une silhouette se profile à l'horizon et se rapproche à grands pas.
Lila plisse des yeux dans le soleil du matin, elle a la sensation de reconnaître ce pas.
David se matérialise à ses côtés, occultant un bref instant le soleil.
— Tu es là ma chérie, tu viens nager avec moi ?
— Et Julius ?
— Ah ! Il s'appelle Julius ? Joli nom ! On peut sans doute le laisser quelques instants sur la plage non, on n'a pas le temps de rentrer, on va perdre ce moment où il n'y a personne sauf nous !
Lila est tentée, elle adore se baigner le matin.
Elle attache le chat à un piquet et hoche doucement la tête.

— Oui, ok, on va voir si les sirènes se lèvent de bonne heure.
— Quoi, qu'est-ce que tu dis ?
— Rien, rien, Papa, juste elle est bonne l'eau.
— Oui, elle est chaude de la nuit passée, du soleil qui s'est baigné dedans, a essayé de se refroidir parce qu'il avait trop chaud !
David se met en caleçon de bain et joignant le geste à la parole, se jette à l'eau. Se retournant vers Lila, il l'éclabousse et en grandes brasses, s'éloigne vers le large.
Le chaton tourne autour du piquet et enroule la corde jusqu'à ne plus pouvoir bouger, alors il se couche et attend.
Lila, à son tour gagnée par l'enthousiasme communicatif de son père, plonge dans l'eau. Immédiatement, entourée par la couleur verte et la clarté opalescente des fonds marins, elle se sent dans son élément. Le calme du matin l'envahit avec la sensation délicieuse de l'eau qui glisse sur sa peau nue.
Justin était champion de surf, mais elle, elle nage comme un poisson. Elle n'a jamais osé dire qu'elle voulait, elle aussi, faire du surf comme lui, devenir aussi bonne que lui. Alors, avant de se lancer, elle a appris à nager, mieux que lui. À ce jeu, des deux, elle est la meilleure. Elle rejoint David qui s'est éloigné souplement avec un crawl rythmé et cadencé.

Lila se lance à sa poursuite et sans effort, naturellement, elle utilise l'eau pour glisser dessus, comme si elle surfait dedans.
Au bout d'un moment, il s'arrête et attend sa petite fille qui le rejoint. Alors, comme deux dauphins au milieu du monde, ils se font face et rient de tout leur saoul, pour le plaisir, et savourent cet instant d'éternité.
— Papa ?
— Mumm !
— Tu crois que je pourrai retrouver Justin au fond de l'eau ?

David arrête de faire la planche et se retournant vers Lila, pour la première fois, éprouve une inquiétude sourde qui monte et lui noue le ventre. Doucement, très doucement, après un long silence, il répond :
— Non ma chérie, tu ne peux pas retrouver Justin, ni dans l'eau, ni ailleurs…
— Même au ciel avec les anges ? Tu sais, je le vois le soir quand il descend et qu'il en a marre de ses copains les anges.
— Ah ! Tu le vois et… il te parle ?
— Oui, même qu'il me dit qu'il en a marre parce que ses copains, ils sont tous morts et ils ne jouent pas avec lui.
Dépitée, Lila poursuit, après une brève hésitation :
— Dis Papa, tu crois qu'il faut que j'y aille moi aussi au pays des anges, avec Justin, pour jouer avec lui et qu'il s'ennuie pas ?

Le sang de David se glace, mais il choisit d'en rire. Il prend la main de Lila et tentant de l'embrasser, au milieu de l'eau, il attire sa petite fille trop sensible, contre lui.
— Non Lila, non ma chérie, il ne faut pas que tu y ailles là où il est Justin…
Il hésite, puis achève dans un souffle :
— C'est lui qui viendra. Il viendra te voir dans tes rêves, la nuit, quand tu dormiras et que les étoiles du ciel brilleront, il descendra de sa maison au milieu des anges et il te parlera dans tes rêves ou si tu écoutes bien, les soirs d'orage, le vent t'apportera ses paroles parmi les gouttes de pluie, ou le chant d'un oiseau. Mais toi, ma chérie tu dois rester avec nous et, un jour dans très très longtemps peut-être, tu le rejoindras parmi les anges .
Lila se laisse aller contre le torse musclé de David et, en maintenant juste un faible battement de pieds, pour la première fois depuis la mort de Justin, elle se sent en paix avec elle-même et le reste du monde.

# 7 robes et Lila

# LA SEPTIÈME ROBE :

# LA ROBE DE MARIÉE

# *7* robes et Lila

## 1

David et Lila sont rentrés de leur baignade. Bras dessus, bras dessous, le père et la fille reviennent en se baladant au bord de l'eau. David est détendu, Lila est heureuse d'avoir nagé avec son père.

Violette leur fait un signe de la main depuis le balcon. Le soleil commence à chauffer doucement, une belle journée s'annonce. Le pique-nique est prêt. Ils ont réservé leurs places sur la navette et prévu une sortie au Banc d'Arguin, tous les trois.

David se penche vers sa femme, l'embrasse dans le cou et l'entraîne dans un pas de danse tout autour du salon. Le chaton se met dans leurs pieds et ils manquent de trébucher. Violette rit doucement en prenant dans ses bras l'animal qui s'est mis à miauler. Elle le caresse, il ronronne comme une locomotive et se love dans ses bras, à la recherche d'une position rassurante.

— On va le laisser là Julius, Maman ? demande Lila à sa mère.

— Oui ma chérie, il peut tout à fait nous attendre, il passe de balcon en balcon, il va faire un tour dans le parc et il revient, il commence à être chez lui…

— Mais il peut rencontrer des chiens qui lui courent après ou se perdre et ne pas revenir ?

— Les chats reviennent toujours chez eux, surtout si on les nourrit et qu'on prend soin d'eux.

— Ne t'inquiète pas ma chérie, si tu préfères, on peut le laisser dedans, intervient David.

— Il risque de faire pipi si on le laisse dedans, rétorque Violette un peu vivement en fronçant les sourcils.
David n'a aucune envie d'ouvrir les hostilités, il choisit d'apaiser sa femme qu'il prend par le cou en une caresse apaisante :
— Non, pas si on lui laisse sa litière. Allez, on se prépare, il faut être au débarcadère à midi !
Lila se précipite dans sa chambre et prend un petit sac à dos dans lequel elle fourre une serviette, un maillot de rechange ainsi qu'un sweat-shirt chaud.
Violette a préparé un panier de sandwiches, une salade de riz et des fruits. Ils prennent les affaires et se dirigent vers la voiture pour atteindre la jetée.
À peine arrivés, ils se mêlent aux estivants qui musardent le long du long pont de ciment qui s'enfonce vers la mer jusqu'à une cinquantaine de mètres pour permettre le trafic incessant des vedettes de promenade et des bateaux de plaisance.
Lila adore regarder les amarrages habiles des bateliers professionnels et ceux, plus périlleux, parfois rocambolesques, des plaisanciers à la petite semaine.
Ceux-là prennent leur bateau une semaine par an et oubliant toute prudence, se retrouvent à devoir faire des manœuvres complexes, comme tenir compte du vent et du courant pour accoster à un ponton et dégager rapidement ou se mettre à couple avec un autre bateau ; autant de manœuvres qui nécessitent un véritable savoir-

faire, une pratique, que certains plaisanciers oublient d'une année sur l'autre.
Ils sont en avance et le bateau pour Arcachon se remplit devant le leur. Des familles avec enfants, de jeunes couples avec vélo, des amoureux qui traversent pour une après-midi, un joyeux tumulte et quelques bousculades en attendant les inévitables retardataires. Une femme qui a peur d'avoir le mal de mer ou d'être trop secouée à l'arrivée, suscite les sarcasmes amusés des marins :
— Mais non, ma petite dame, y'a pas de souci, tout va bien se passer, dans une vingtaine de minutes, on sera de l'autre côté sans problème, ne vous inquiétez pas, y a aucun danger. Allez, montez !
L'homme au teint buriné lui tend une main secourable et ferme à laquelle elle s'accroche avant de passer sur le pont du bateau collectif.
David et Violette encadrent Lila et attendent avec elle leur tour. Ils prennent place à bord d'une pinasse. Ces embarcations, emblèmes du Bassin d'Arcachon, ressemblent à de grosses gondoles et constituent sa marque de fabrique. La pinasse collective va déposer ses passagers sur le Banc d'Arguin pour un pique-nique, reviendra les chercher vers 17 h pour un retour à la jetée.
Lila et ses parents ont fait cette excursion des dizaines de fois en famille, mais c'est la première fois qu'ils reviennent ici sans Justin.

Lila, une fois à bord, se place devant pour être fouettée par les embruns. La pinasse embarque une vingtaine de personnes. Le voyage dure une trentaine de minutes. La longue barque blanche à bandes vertes s'échoue mollement sur le sable doré d'Arguin. Tout le monde descend pour s'égayer de part et d'autre sur la longue langue de sable. Il faut veiller à planter les parasols pour avoir un semblant d'ombre avant que le soleil ne soit au zénith.

Lila et ses parents se dirigent vers la petite lagune qui se trouve au centre du Banc et qui, à marée basse, se découvre totalement jusqu'à laisser des filets d'eau, de minces rigoles, s'écouler vers le large. Les gens du coin les appellent des « esteys ». Lila les suit et court avec l'eau captive vers le large et la liberté.

L'eau restante se réchauffe au soleil et constitue une petite piscine d'eau chaude dans laquelle il fait bon se baigner. Jusqu'à ce que le courant de la marée montante vienne apporter un peu d'eau froide venant du large et remplisse à nouveau le bras d'eau pour recouvrir presque totalement le sable.

D'une année sur l'autre, le tracé du banc évolue. Les marins connaissent bien les dangers des hauts fonds qui s'étendent aux abords du banc et perturbent parfois la navigation.

David et Violette étendent les serviettes. David propose à Lila une petite baignade avant de passer à table.

# 7 robes et Lila

Violette s'étend paresseusement sur le sable, les yeux grands ouverts regardant le ciel d'un bleu infini. Ce pourrait être le bonheur s'il n'y avait la douleur lancinante, en toile de fond, de l'absence de Justin.
Violette ressent jusqu'au fond d'elle-même la mort de son fils, comme un cauchemar dans lequel elle serait prise. Elle revoit les images des jumeaux, ensemble, jouant sur le sable, dans les flaques d'eau, Justin sur les épaules de son père qui tournoie lentement dans le soleil. Elle repense à ce que lui a murmuré David lors de la naissance compliquée des deux bébés : « un bébé pour chacun, c'est parfait ma chérie ». Violette se demande s'ils pourront se pardonner ce drame, si elle pourra jamais pardonner à David de n'avoir pu intervenir à temps et empêcher Justin de se noyer. Si elle pourra jamais se pardonner d'avoir laissé Lila rejoindre son père et son frère pour jouer dans les vagues avec eux.
Elle ferme les yeux et une larme coule, jusque dans le sable, des sanglots silencieux secouent son corps gracile.

David et Lila reviennent de leur baignade.
Il se penche sur elle et fait couler des gouttes d'eau salée sur elle. Elle passe rapidement une main sur ses joues baignées de larmes et proteste :
— Ah non, David, je déteste ça ! J'étais si bien, c'est gelé !
— Mais non, elle est super bonne, regarde.

Et il dégoutte ses cheveux au-dessus d'elle en une myriade d'étoiles scintillantes, les gouttes d'eau salée dégringolent sur les épaules frêles de la jeune femme.
Elle se relève d'un bond pour échapper aux gouttelettes fraîches qui tracent sur sa peau des chemins de traverse.
David la prend dans ses bras et la serre contre lui.
Elle se laisse faire, légèrement passive, puis gagnée par la sensualité qu'il dégage, elle lui rend son baiser.
Lila adore lorsque ses parents déposent les armes et que soudain plus rien n'existe, qu'eux et leur amour brusquement évident.
David et Violette se détachent l'un de l'autre et se tournent vers leur petite fille.
Violette se penche vers elle et la prend par les bras pour la faire tourner comme un hélicoptère.
Lila proteste mollement et se laisse emporter par ce jeu d'enfant qu'ils pratiquaient, à tour de rôle, lorsqu'ils étaient petits avec Justin.
Lila rit, reprend pied sur le sable mou, titube, fait quelques pas hésitants comme si elle était ivre et tombe sur les genoux en riant. Elle enfonce ses poings fermés dans le sable chaud, s'asperge des grains qui lui collent à la peau, et dessinent son sourire.

— On va mettre la table !

# 7 robes et Lila

Violette étale un immense paréo sur lequel elle dispose les assiettes en carton, la salade, les sandwiches. David ouvre une bouteille de rosé au frais dans la glacière. Un groupe de jeunes gens passent sur une pinasse, ils rient et s'apostrophent. Le pilote réduit les gaz de leur bateau, effectue un large arc-de-cercle pour venir mouiller juste devant eux. Habilement, la pinasse s'échoue sur le sable en faisant entendre un long chuintement. Les filles débarquent en grappe, suivies par les garçons, les sacs portés au-dessus des têtes pour les protéger des éclaboussures.
Ils sautent à l'eau en riant. Les filles sont bronzées, les cheveux emmêlés, les garçons en shorts de couleurs vives, envoient un ballon et des planches de skin rejoignent le sable. L'un d'eux, réalisant qu'ils peuvent gêner la tranquillité de Lila et ses parents, s'excuse :
— Désolé, on est bruyants, on va aller un peu plus loin.
Il appelle ses compagnons et une fois tout le monde débarqué, tire le bateau et mouille à quelques mètres.

Lila et ses parents savourent le pique-nique préparé par Violette. Le melon est goûteux, les pépins jetés dans l'eau attirent les poissons.
— Lila, ma chérie, ne jette pas tes épluchures dans l'eau, ce n'est pas propre.
— Mais non, ça va, c'est biodégradable, intervient David.

Violette secoue la tête avec une moue de désapprobation :
— Oui, mais si tout le monde fait ça, ça va vite être ingérable.
David ne répond pas. Ils mangent la salade et les sandwiches avec appétit.
Une nouvelle pinasse, très colorée celle-là, rouge et orange, débarque sur le sable son lot d'estivants qui s'égaient de tous les côtés respectant cependant une zone d'intimité autour des serviettes de chacun.
Parmi eux, une connaissance de David vient les saluer.
— Bonjour Monsieur Deschamps, quelle bonne surprise !
David salue et présente Violette et Lila :
— Bonjour Monsieur Laporte, laissez-moi vous présenter ma femme, Violette, et ma fille, Lila.
— Oh, enchanté ! Quels beaux prénoms, que des fleurs magnifiques ! Je suis très heureux de vous connaître, David est un petit cachotier qui ne nous a pas parlé de sa petite famille. Laissez-moi vous présenter à mon tour, Hélène et Gloria, ma femme et ma petite fille.
Lila s'approche, tend timidement la main et dans un réflexe, elle se tourne vers la petite fille qui accompagne son père :
— Attends, je vais chercher Justin et on va jouer tous les trois.

Violette, un éclair d'affolement dans les yeux, attrape Lila et plaçant sa main devant la bouche de la petite fille, éclate de rire :
— Mais non ma chérie, qu'est-ce que tu dis, Justin n'est pas là.
Lila se dégage des bras de sa mère et dit :
— Mais si Maman, Justin est là, juste là, je le vois moi. Tu viens Gloria, on va jouer avec lui ?
La gamine se tourne vers son père qui, sans comprendre, lui intime l'ordre de revenir, et se préparent à s'éloigner vers l'intérieur du banc.
— Viens ma chérie, on va aller se promener sur le banc. À plus tard David, ravi de vous avoir rencontrés, mesdames. Il touche sa tempe en un salut léger et, tournant les talons, s'éloigne, tenant sa femme et sa fille par la main.
Violette, les larmes aux yeux, se détourne de sa fille et commence à ranger le pique-nique.
David, immobile et figé, ne sait que faire ni que dire.
Soudain, il entend la voix blanche de Violette dans son dos :
— Je n'en peux plus, je ne supporte plus ça ! Il va falloir lui faire consulter un médecin, ce n'est pas normal, elle le voit partout, de plus en plus souvent !
— Mais non, elle est choquée, traumatisée, comme nous tous, laisse-lui du temps, ça va passer.
— Je n'en suis pas si sûre, David, ça fait un an maintenant, ce n'est pas normal, ça dure et ça empire. On verra ça en septembre, mais on ne peut

pas la laisser toute seule à voir Justin partout, tout le temps !
— Oui, oui, je sais bien, mais attendons un peu, si tu veux bien, cela va sans doute rentrer dans l'ordre. Peut-être que les vacances lui feront du bien !
— Oui, mais je n'attendrai pas plus longtemps, si rien ne change, à la rentrée, elle ira voir un spécialiste !

## 2

La journée s'achève sur le banc, sans autre incident.
Ils reprennent la même pinasse et son batelier, comme un ami qui viendrait les chercher, leur rendant familier ce petit bout de paradis. La journée a été merveilleuse et ils rentrent dorés par le soleil, les cheveux blanchis de sel. Ils se sont baignés et sont partis chercher des coques et des coquillages au bord de l'océan, là où les eaux du Bassin et celles de l'Atlantique se rejoignent.
Sur le chemin du retour, des dauphins escortent un temps le bateau. Ces animaux entrent dans les eaux chaudes du Bassin et jouent avec les nombreux bateaux qui y croisent. C'est rare mais cela arrive, pour la plus grande joie des vacanciers. Lila, fascinée, regarde longtemps les dos gris et blancs nager en cadence devant l'étrave du bateau.
Le marin, ravi, montre du doigt leurs compagnons de traversée. Les enfants à bord se pressent pour regarder ces nouveaux amis.
Violette et David se joignent aux parents qui surveillent que les enfants ne se penchent pas trop et ne passent pas par-dessus bord.
Au bout d'une trentaine de minutes, comme la pinasse se dirige vers la jetée et les eaux plus fréquentées, les dauphins rebroussent chemin et sans un adieu, s'éloignent vers le large.

## 7 robes et Lila

Lila les suit longtemps des yeux, jusqu'à ne plus les distinguer de la ligne d'horizon.
Ils débarquent avec le flot de vacanciers et se dirigent vers la voiture pour regagner leur appartement.
Fatiguée, Lila s'endort sur le chemin.

À peine arrivés, David dépose leur petite fille tout endormie dans son lit. Elle ne s'est pas réveillée.
Le soir tombe, les couleurs s'étirent. Un soleil rouge de chaleur plonge dans la mer tandis qu'un mince croissant de lune éclaire la nuit. David et Violette, allongés sur des transats sur la terrasse, goûtent la fraîcheur du soir.
Violette porte une robe bleu des mers du Sud, une robe courte qui met en valeur sa silhouette svelte et gracile. La robe simple a un décolleté sage et découvre ses bras dorés par la journée sur le Banc. Elle est ravissante à la clarté tombante du soir. Une bougie allumée pour chasser les moustiques tremblote et découpe des ombres sur le mur blanc.
Elle rompt le silence :
— Tu ne crois pas qu'on devrait la faire voir à un psy ?
— Qui ça, Lila ? Non, non, laisse-lui un peu de temps. Elle est triste, choquée. C'est normal, Justin est son frère jumeau. C'est un drame pour nous tous et encore plus pour elle. Elle est bouleversée, mais elle va surmonter tout ça, c'est une battante, on va l'aider, ça ira mieux avec le temps… Laisse lui du temps.

— Oui mais quand même, elle parle avec lui, elle le voit, elle vit avec lui, elle dort dans son lit, veut appeler son chat Justin, porte son pyjama le soir... Je commence à m'inquiéter.
— Oui, tu t'inquiètes et c'est normal ! Elle est toute retournée, c'est normal, nous ne sommes pas au top non plus, il faudra beaucoup de temps... Je... je ne sais pas si on s'en remettra jamais... Je... ne sais pas si on peut se remettre d'une telle douleur. Un sanglot retenu explose dans la voix grave de David.
— Oui mais quand même, je vais l'emmener chez un médecin dès la rentrée, on va la faire voir au Docteur Trevord, il la connaît, il nous dira, lui, c'est notre médecin depuis toujours, il saura quoi faire !
— Je te défends, tu m'entends, je te défends de l'emmener où que ce soit et encore moins chez un psy. Ma fille n'est pas folle, je t'interdis, tu m'entends, je t'interdis de l'emmener chez un médecin. Elle est forte, elle va surmonter tout ça, ça va aller.
— Oh toi, évidemment, tout le monde est super fort, à commencer par toi... ! Mais qu'est-ce qui va se passer si elle n'est pas aussi forte que tu le penses, si elle ne peut pas surmonter ça toute seule, justement. Tu y as pensé, David, qu'est-ce qui va arriver si elle ne peut pas ?
— Je ne suis pas débile, évidemment que j'y ai pensé, mais c'est ma fille, elle va y arriver, je le sais, elle va y arriver.

— Tu exagères, David, tu veux que le monde tourne autour de toi, tu veux que les choses se déroulent comme tu le désires, mais parfois, les choses nous échappent et parfois, ça ne se passe pas comme on voudrait, n'est-ce pas David ?
— Ah oui ! Non, sans blague, tu crois ? Et toi, madame donneuse de leçons, tu le vois comment le monde, hein ? Tu le vois comment le monde depuis que ton fils est mort ? Il est pas un peu perdu le monde pour toi, pour nous ? Il est pas un peu mort, le monde pour nous... ?

Les mots s'étranglent, lui restent en travers de la gorge, il ne va pas plus loin, les sanglots le secouent, mais il refuse de pleurer. David se lève et gesticule, il finit ses derniers mots en laissant retomber ses bras, comme un pantin désarticulé, désaxé, dépassé par la violence de ses propos, il se détourne et reste là debout près d'elle, immobile. Toute colère rentrée, brusquement inutile devant le désastre de la mort de Justin.
Elle se fige en entendant ses paroles, laisse passer un instant, puis dit :
— Non, mais pour qui tu te prends ? Tu es qui toi, pour me juger, pour juger le chagrin d'une mère ? Donneuse de leçon ? Non mais tu exagères... Tu es qui, toi ? Dieu peut-être ? Mais si tu es Dieu, rends-le-moi, rends-moi mon fils, David, rends-le-moi !
Les derniers mots le font bondir :

— Ah, nous y voilà ! Les mères ! Les mères et leur putain de statut sacré… Fuck, shit ! J'emmerde les mères et leur putain de rôle, j'emmerde toutes les femmes de la terre. Je vais crever de douleur moi, je suis le père, tu vois, je souffre autant que toi la mère… Non mais, what a fuck, shit ! Tu crois qu'il y a un degré dans la douleur, tu crois que tu souffres plus que moi, non mais je rêve !

Il se tourne vers elle, la saisit au collet et l'oblige à se lever jusqu'à lui. Violette prend la main de David qui l'immobilise et essaie de se dégager.

— Lâche-moi, lâche-moi, putain, tu me fais mal.

Il devient mauvais et un rictus lui déforme la bouche.

— Ah ouais, sans blague ! Ah ouais, je te fais mal ? Mais tant mieux, j'espère bien que je te fais mal, j'espère que je te fais très mal en fait, autant que ce que je souffre chaque jour sans mon fils… putain !

Il ferme les yeux, se détourne à nouveau. Il lutte, tente de se ressaisir, mais la première baffe part sur l'épaule de Violette, juste sur le bateau tatoué sur sa peau. Le bateau va chavirer sous les coups qui se succèdent. Il lui envoie deux coups de poing sur l'épaule, un peu au-dessus de la ligne de flottaison. Elle lui fait face, riposte par une gifle qu'il pare et qui rate sa cible. Elle lui décoche un coup de pied dans le tibia, il lui prend le poignet et lui tord le bras jusqu'à ce qu'elle pivote sur son axe, tourne sur elle-même pour se retrouver à ses pieds. La douleur, la frustration et la colère lui arrachent des larmes. Elle sanglote, tassée sur elle- même, tombée à terre. Elle laisse passer quelques minutes pendant lesquelles, immobilisée, elle se débat, puis la douleur aidant, elle capitule et ne riposte plus à ses coups.

Le regard mauvais, il redouble de violence, la gifle par deux fois, et lui assène une volée de coups de poing dans le dos.
Elle fait le dos rond, rentre la tête dans les épaules et tente de parer les coups, elle ne réplique plus, elle essaie juste d'en prendre le moins possible.
— Hein, tu crois que tu es toute seule à souffrir ? Hein, salope, tu crois ça ? Mais non, tu vois, non, je vais te montrer moi ce que ça fait d'avoir mal, tu vas t'en souvenir tellement que tu vas plus pouvoir te lever, salope, tiens et tiens et tiens !
Il accentue encore ses coups de poing. Penché sur elle qui ne se défend plus, il va lui donner des coups de pied lorsque :
— Papa, Maman !
Lila apparaît dans le couloir qui mène au balcon, toute endormie, son chat dans ses bras.
— Maman, Papa, Justin est dans la chambre, il veut vous voir, il vous appelle…
Les yeux embrumés, elle s'avance pieds nus sur les carreaux froids, se frottant les yeux,
— J'ai entendu du bruit… Il y a un film à la télé ?
David suspend son geste, et comme s'il émergeait d'une transe, se tourne vers sa fille :
— Non, non, ma chérie, il ne se passe rien, retourne te coucher, il n'y a rien.

— Mais si, je te dis, Justin est là ! Il est parti de chez les anges et il est venu dans la chambre, il est dans son lit, il dort, viens Papa, viens voir.
Lila lâche son chaton qui s'enfuit prestement, s'approche de son père, lui prend la main et l'entraîne dans la chambre.
Là, le chaton est sur le lit de Justin, roulé en boule ; il s'est glissé sous la couette, il fait un petit renflement qui se soulève à peine au gré de sa respiration. Sous les plis du drap, on jurerait un petit corps.
— Mais non ma chérie, c'est ton chat, Justin est mort… Il est chez les anges, tu sais, je t'ai dit, il doit dormir en ce moment.
— Ah oui ? Tu crois qu'ils dorment les anges, comme nous ?
— Oui, je suis sûr, il dort ton frère ma chérie, il dort avec les anges.
Il soulève Lila, la couche dans le lit à côté du chaton endormi. La petite fille met son pouce dans sa bouche et se tournant vers le mur, se met à fredonner une chanson avant de s'endormir : « Sur l'pont de Nantes, un bal y est donné, sur l'pont de Nantes, un bal y est donné… »
David s'assied sur le lit, pose sa main sur la hanche de sa fille et la berce doucement.
Violette s'encadre dans l'embrasure de la porte et poursuit à voix basse la chanson :
— Non, non, ma fille, tu n'iras pas danser, non, non, ma fille, tu n'iras pas danser… Son frère

arrive, dans un bateau doré, son frère arrive, dans un bateau doré...
Violette s'est recoiffée, a arrangé ses vêtements déchirés sous les coups de David, et s'approche de leur enfant.
— Pourquoi vous vous battez avec Papa, Maman ?
Interloquée par la question, Violette balbutie :
— Non, non, ma chérie, on ne se bat pas, on fait semblant, c'est pour de faux, on s'amuse, ton papa et moi, on ne se bat pas pour de vrai, c'est pour rire qu'on fait ça.
— Ah, c'est pour de faux ? Ah, bon, c'est sûr ?
—Oui, bien sûr ma chérie, on s'aime, papa et moi, jamais on ne se battrait.
— Ah, alors, quand je serai avec Justin et les anges, vous vous battrez pas, hein Maman ?
— Hein, quoi, qu'est-ce que tu dis ? Tu ne vas pas aller avec les anges mon cœur chéri, tu vas être avec nous, Papa et moi.
— Oui, mais Justin il s'ennuie tout seul avec les anges, il m'appelle la nuit quand je dors, je le vois et il m'appelle toutes les nuits, Justin, pour me dire qu'il s'ennuie, et il veut que je vienne avec lui et les anges...et...
Lila bafouille, marmonne les derniers mots d'une voix pâteuse et retombe dans le sommeil.
Ses parents se regardent, Violette se penche vers elle et dépose un baiser sur les cheveux de sa petite fille endormie.
David s'attarde un moment et quitte la chambre à regret.

Violette est debout, face à la transparence nocturne de la lune qui luit doucement et dégage une clarté blanche, dans la nuit bleutée de juillet.

— Qu'est-ce qui se passe, David, qu'est-ce qui nous arrive, nous sommes maudits, maudits par les dieux ?

— Tu racontes n'importe quoi, personne n'est maudit et il n'y a pas de dieux. Elle est bouleversée par la disparition de Justin, c'est une enfant. Il faut l'aider, c'est tout !

— Tu crois, tu crois vraiment que ça va suffire ?

— Oui, j'en suis sûr, c'est une enfant, elle va s'en remettre…Les enfants ne ressentent pas les choses comme les adultes, et puis c'est ma fille, elle est forte, elle va surmonter ça, il le faut !

# 7 robes et Lila

## 3

Il est trois heures du matin, Lila se réveille d'un coup. Elle se dresse sur son séant, les yeux grands ouverts. Elle a soif.
Elle écoute la nuit. Le petit chaton ronronne, roulé en boule contre son flanc. Il ouvre un œil ensommeillé et retourne à ses rêves de chat.
Elle se lève et va dans la cuisine prendre un verre d'eau fraîche dans le réfrigérateur.
Les bruits familiers de l'appartement accompagnent ses déambulations nocturnes. Elle erre dans le salon, écoute le tic-tac de l'horloge, le ronron du frigo, les portières d'une voiture qui claquent dehors. Un groupe de jeunes gens revient de boîte et se pose sur la plage pour achever la nuit qui pâlit et laisse peu à peu place à l'aube.

Lila prend la robe de mariée de sa mère dans son placard. Elle porte cette robe parfois l'été, pour se déguiser en mariée et s'habiller avec une robe longue, comme les amies de sa mère quand elles sortent pour aller danser.
Lila aime cette robe blanche qui lui tombe jusqu'en bas des pieds, et traine par terre en une longue jupe. La robe ressemble à un boubou africain, à la mode de Paris. Un boubou comme robe de mariée. Cette robe créée par une amie styliste de sa mère, pour son mariage, était portée avec une coiffe blanche comme un turban, un mariage exotique en blanc, un soir de réveillon. Ses parents se sont

mariés un 31 décembre. Ils lui ont dit que comme ça ils ne savent pas quelle est exactement l'année du mariage, 1995 ou 1996, et qu'un mariage réveillon ça porte bonheur !
Lila adore l'album de mariage de ses parents qu'elle feuillette le soir lorsqu'il fait mauvais temps et connaît par cœur. Elle rêve elle aussi, un jour, d'avoir une robe comme ça et de se marier avec son amoureux. Elle se glisse dans la robe blanche, et imagine qu'elle va se marier. On dirait un fantôme dans la nuit.
Immobile, par la baie vitrée ouverte, elle regarde les jeunes gens insouciants qui s'apostrophent, font du bruit, claquent les portières, et vont s'allonger sur la plage autour d'une radio pour terminer les bouteilles et fumer quelques joints.
Elle les regarde et soudain, tout devient clair, elle sait ce qu'elle doit faire.
Elle prend son chaton dans ses bras, le caresse un moment, puis le repose sur le lit en l'embrassant.
Elle déverrouille la porte d'entrée de l'appartement, l'ouvre, et doucement, tout doucement, sort dans la nuit.

Elle descend les deux étages et se retrouve dans le hall. La porte d'entrée de l'immeuble n'est jamais fermée à clé. L'été, tout le monde entre et sort à n'importe quelle heure.
Lila se glisse dehors. La fraîcheur de la nuit la saisit.

# 7 robes et Lila

Elle traverse le jardin endormi, personne n'est dehors à cette heure. Elle se retrouve sur la plage, devant l'immeuble.

Les jeunes gens, un peu plus loin, ne lui prêtent pas attention, tout occupés à mettre un bon morceau de musique. L'un d'eux pourtant voit Lila et se détourne du joint qu'il prépare.
— Hé petite, ça va ? Tu fais quoi, là, toute seule dans la nuit ?
Lila, surprise, se tourne vers lui et laissant passer un silence, répond :
— Rien, je fais rien, je cherche mon frère.
— Ah ! Cool ! Fais gaffe quand même, dit le jeune homme en se tournant pour faire passer le joint à sa voisine qui lui sourit et l'embrasse à pleine bouche.
Il s'écarte, titube, elle éclate de rire en lui donnant une claque sur la cuisse.
Il tombe lourdement à ses côtés, déjà défoncé.

Lila reste immobile un moment à écouter le clapotis de l'eau. C'est marée haute, tant mieux, ce sera plus facile.
Elle frissonne.
Sans plus attendre, elle entre dans l'eau, sa robe blanche flottant, fait un halo discret. Elle progresse doucement vers le large. L'eau s'infiltre dans les plis de la robe qui gonfle tout autour d'elle. Quand elle n'a plus pied, elle se met à nager, doucement au début, puis de plus en plus vigoureusement

malgré le poids de la robe mouillée. Elle nage fermement, sans hésiter, vers le large, Elle nage vers lui.

— Attends, Justin, attends-moi !

Le jeune homme se retourne vers le large et voit un halo blanc, une sorte de lueur blanche qui progresse dans la nuit.

Il est en plein trip. Il éclate de rire et se tourne vers Lila :

— Hé petite, attends, attends-moi !

Complètement défoncé, il entre dans l'eau dont la fraîcheur le fait frissonner et l'arrête. Sa copine se précipite et le tire vers la plage.

— Arrête Loulou, tu es défoncé, tu ne vas pas aller dans l'eau maintenant, tu vas te noyer, reviens, viens avec nous !

— Mais j'ai vu un ange qui est tombé dans l'eau, la gamine là, la gamine, elle est partie !

— Mais quelle gamine ? Y'a rien là, rien que des ridules et le clapotis de l'eau, t'es défoncé putain, arrête ton trip là, viens, laisse tomber, tu fais flipper, viens !

Louis regarde une dernière fois la trouée noire de l'eau qui clapote et ne voyant rien, que l'éclat de la lune, qui se reflète dans les flots. Dépité, Il hausse les épaules, passe sa main dans ses cheveux et, clignant des yeux, retourne lentement vers ses copains allongés au clair de lune. Mais, pris de remords, il regarde à nouveau et aperçoit une lueur blanche qui progresse vers le large. Alors, pris d'un

doute, il prend son téléphone en tremblant et compose le numéro de la Police maritime :
— Allo, allo, Je vous signale une jeune fille qui est dans l'eau avec une robe blanche, je vous envoie ses coordonnées...
— Allez Loulou, arrête, t'es grave relou ! Donne-moi ton téléphone.
Joignant le geste à la parole, la jeune fille attrape l'appareil des mains du jeune homme qui refuse de lui donner. Ils luttent quelques instants. Soudain, la jeune fille prend l'avantage et saisit l'appareil, mais Louis tente de lui reprendre et le téléphone tombe dans le sable.
— Putain, t'es nulle ! Il est bloqué maintenant ! Allo, allo !
— Allo, ici Police maritime, qui est à l'appareil ? Ici Police maritime, qui est à l'appareil ?...
Mais le téléphone de Louis est trop endommagé et le jeune homme ne peut plus joindre personne.

Lila nage à grandes brasses et s'éloigne du rivage. Soudain, un ventre gris se faufile dans l'eau, la frôle, puis un deuxième : les dauphins, les dauphins l'accompagnent. Elle tend la main vers un rayon de lune, capture un rai de lumière et s'adresse à la silhouette qui se dessine dans les nuages :
— Justin, Justin, viens, viens, on va jouer ensemble ! Emmène-moi voir les anges là-haut. Je ne veux plus jamais être seule, emmène-moi avec toi là-haut dans la maison des anges !

## 4

Le corps de la petite fille gît sur un petit lit d'hôpital. Son père et sa mère sont à ses côtés. De toutes parts, des cathéters, des tuyaux sortent du nez, de la bouche, une perfusion est plantée dans son bras.

Le monitoring claque et diffuse un bip faiblard et saccadé. Elle respire irrégulièrement, intubée et soutenue par un nombre impressionnant de machines. Un sérum chaud, glucosé, passe dans ses veines. Une couverture de survie enveloppe son corps.

Les médecins restent réservés, ne préjugent rien de ce qui peut se passer. Le pronostic vital est peut-être engagé, ils ne savent pas, ne se prononcent pas encore.

David, à genoux à côté du lit de la fillette, pleure.

Violette, elle aussi en larmes, est assise sur une chaise et froisse maladroitement la belle robe blanche qui a été sa robe de mariée et qui repose toute mouillée, déchirée par les taquets d'amarrage. Elle prie en silence :

— Je jure que si elle se réveille, je ne serai plus jamais la maîtresse de Raphaël. Je jure que si Dieu lui accorde vie, je reviens vers David et je fais un autre enfant avec lui, même s'il doit me tuer à coups de pieds ou à coups de poings, je l'aime, je l'aime, Seigneur, faites qu'elle vive ! Seigneur, je donnerai ma vie pour elle, mon Dieu, accordez-lui la vie, accordez-nous sa vie, j'ai déjà perdu un

enfant, je ne supporterai pas d'en perdre deux, s'il vous plaît Seigneur !
Violette ferme les yeux et prie intensément.

Un prêtre entre dans la chambre de l'enfant inconsciente. Il se tourne vers Violette et se penche vers elle :
— Mon enfant, je suis venu prier avec vous !
S'adressant ensuite à David, il poursuit :
— Mon fils, David c'est ça ? je vous vois régulièrement à l'église le dimanche, je suis venu vous assister dans cette épreuve envoyée par notre Seigneur, le christ tout puissant.
— Mon Père, merci, mais pouvons-nous compter sur son aide ? nous avons déjà perdu un enfant, nous ne supporterons pas d'en perdre un second !
— Venez, allons prier au sein de notre église. Ma fille, laissez David auprès de votre enfant et rejoignez-moi pour prier notre Seigneur en sa maison !
Violette regarde son mari prostré aux pieds de Lila, il reste sans réaction.
Elle se lève, lui touche le bras.
— David, je vais prier avec le Père à la petite chapelle, je reviens dès que j'ai fini.
Violette et le Père Bernard sortent et partent vers la petite chapelle au bord de l'eau.
Violette conduit le Père dans sa voiture. Une dizaine de minutes plus tard, ils arrivent devant la chapelle.

Le clocher est dans la pénombre, seul le cadran mauresque se détache sur la façade du clocher. Violette note l'heure : 22 h.
La nuit est douce, une légère brise souffle faisant claquer faiblement les haubans des bateaux.
Le Père se dirige d'un pas énergique vers la porte et pénètre dans l'église. Il est grand. Il agenouille sa haute silhouette et se signe au milieu de l'allée centrale.
Violette entre à sa suite et, mue par une impulsion, demande dans un souffle :
— Pourriez-vous me confesser mon Père, s'il vous plaît ?
— Maintenant ? Bien sûr, si vous voulez mon enfant, notre Seigneur peut entendre les péchés de ses brebis n'importe quand.
Violette se signe et s'agenouille de l'autre côté du minuscule confessionnal.
— Pardonnez-moi mon Père parce que j'ai péché. J'ai commis le péché de chair avec un autre homme que mon mari. Pourtant, j'aime mon mari. Mais il est violent et jaloux, mais je l'aime de toute mon âme. Mais j'aime aussi Raphaël, si doux et si tendre avec moi… Oh mon Père ! Est-ce mal d'aimer deux hommes à la fois ?
— Parfois les voix de notre Seigneur prennent des chemins inattendus. Pécher d'amour n'est pas pécher, cependant, il va falloir choisir mon enfant, et choisir, c'est renoncer. Il va falloir renoncer à l'un d'eux. Quand vous serez prête ! En attendant, pour pénitence, récitez dix « Je vous salue Marie » et

cinq « Notre Père » et repentez-vous ma fille. Promettez-moi de revenir dans le droit chemin et de faire en sorte d'être fidèle au serment sacré du mariage, de redevenir fidèle à votre époux, malgré ses excès, et de le ramener lui aussi vers le droit chemin, c'est-à-dire qu'il ne lève plus la main sur vous et vous protège.
— J'en fais le serment, mon Père, et je promets de consacrer le reste de ma vie à Dieu s'il consent, dans sa miséricorde, à laisser vivre ma petite Lila.
— Que Dieu tout puissant vous entende, mon enfant. Qu'il accorde Sa grâce et Sa bénédiction à Lila, votre enfant, et à ses parents égarés.
Au nom du Père, et du Fils, et du Saint Esprit, Amen !

Violette sort de la confession et reste prier dans l'église pour accomplir les actions de grâce demandées par le prêtre.

Le père Bernard est sorti. Il l'a laissée seule dans la petite église.
Au bout de quelques minutes, perdue dans ses prières, elle ne sent plus le temps passer. Elle prie intensément, et le temps s'évanouit.
Elle sort de l'église et regarde machinalement la pendule avant de démarrer sa Spitfire : 00 h 00
— Minuit pile ! Je jure que si Lila se réveille, plus jamais je ne coucherai avec Raphaël. Je jure que si ma petite fille se réveille, David et moi feront la paix ! Seigneur, pitié ! Seigneur, faites que Lila vive !

Elle embraye, passe la première et se dirige en sens inverse, en direction de la clinique.
Elle roule machinalement, sans prêter attention au long ruban d'asphalte qui se déroule devant elle.
Elle ressent un grand calme intérieur, comme si plus rien n'avait d'importance, un état de grâce. La nuit l'enveloppe. Elle roule sur le long ruban sombre. Soudain, droit devant elle, une lune énorme se lève au ras de l'horizon, une lune rouge, si proche que Violette pourrait la toucher. Elle roule droit dans la lune au risque de s'y engloutir.

Prise d'une impulsion, elle arrête la décapotable au bord de la route et au mépris de toute prudence, s'agenouille sur le talus, un peu à l'écart dans un chemin de traverse. Et là, dans l'herbe fraîche et la nuit, elle sanglote.  Elle ouvre ses mains en coupe et cueille un rayon de lumière.
Elle s'incline, s'agenouille et implore la lune. Eplorée, elle courbe la tête et élève une prière à la déesse dont on dit qu'elle régule les marées, les règles et la magie des femmes.
Elle reste sous la lune un temps infini. Elle perd la notion du temps elle somnole sans doute un peu, dans la fraicheur et le silence de la nuit.
Quand elle reprend sa route, droit vers la clinique, la lune, montée au firmament, la salue d'un clin d'œil.

# 7 robes et Lila

Lorsque Violette franchit le portail blanc de la clinique, un rossignol se met à chanter, c'est le matin. Elle se rend compte qu'elle a prié une partie de la nuit, sous la lune, au bord de la route
Elle pénètre dans la chambre. David n'a pas bougé au pied du lit de Lila, la tête dans les bras posés sur les draps blancs, bercé par le tip du monitoring, il dort.
Violette s'avance, glisse sa main dans la sienne, s'agenouille à ses côtés. Il marmonne dans son sommeil. Elle se penche et de toute son âme, l'embrasse en murmurant :
— Promets-moi de ne plus jamais me frapper, de ne plus jamais lever la main sur moi.
Il ouvre les yeux, lui prend la main et dit dans un murmure :
— Je te le promets ma chérie, je promets devant Dieu de ne plus jamais lever la main sur toi.
Puis il repose la tête et s'endort dans les bras de Violette qui, elle aussi, sombre dans le sommeil.

Au petit matin, on frappe à la porte ; un officier de police pénètre dans la chambre et porte la main à son képi :
— Bonjour Monsieur et Madame Deschamps.
— Bonjour Monsieur, marmonne David.
— Puis-je m'entretenir avec vous quelques instants, s'il vous plaît ?
— Maintenant, là, tout de suite ? Ça ne peut pas attendre ?
— Euh... oui, ce serait préférable.

David se lève, encore ensommeillé, et suit le policier jusque dans le hall de la clinique.
— Je vous écoute, brigadier.
L'officier de police se dandine, mal à l'aise :
— Euh..., sergent en l'occurrence. Voilà, c'est à propos du jeune homme qui a téléphoné et sauvé votre fille.
— Oui sergent, et ?
— Hum !... Eh bien, il est au poste de police, il a été arrêté pour détention de drogues ; il a été trouvé en possession de plusieurs joints sur lui par mes collègues du Cap-Ferret après qu'ils aient géolocalisé son appel. Cependant, s'il n'avait pas téléphoné à la Police maritime, on n'aurait pas sauvé votre fille. Il a besoin d'un témoin de moralité pour sortir du commissariat actuellement et il ne veut pas prévenir ses parents, alors il a pensé à vous. Enfin, j'ai pensé que peut-être, vous aimeriez le rencontrer !
— OK sergent, oui, bien sûr, je vous suis.
Pendant ce temps, à la porte de la chambre, Raphaël et Mado, la main dans la main, frappent :
— Salut, salut ! On est venus vous apporter des croissants et du thé, prendre le petit déjeuner avec vous, claironne Raphaël qui s'arrête voyant que Violette est seule dans la chambre en compagnie de Lila et des bipers.
— Oh ! Désolés ! On repassera, s'excuse Raphaël. On pensait que vous étiez tous les deux.

— Non, non, au contraire, ça me fait plaisir de vous voir. David est sorti mais il ne va pas tarder, et ce n'est pas très gai ici, toute seule.
Mado s'avance et prend Violette dans ses bras.
— Ne t'inquiète pas, je suis sûre qu'elle va se réveiller, c'est une question de temps.
Violette esquisse un petit sourire.
— Tu crois ?
— Oui, j'en suis sûre !

Raphaël lui fait un grand sourire, mais ne dit mot, gêné.
Mado regarde par la fenêtre, un silence s'installe entre eux. Mado prend une longue inspiration et se lance :
— On voulait que vous soyez les premiers à le savoir, je... je suis enceinte.
Violette ferme les yeux et regarde Raphaël, puis Mado. Un bref silence avant qu'elle reprenne ses esprits. Elle s'approche de Mado et la serre dans ses bras.
—Oh c'est merveilleux ! Félicitations ! Je suis très heureuse pour vous deux !
Violette se tourne vers le lit où repose Lila, une larme au coin des yeux.

Alors, dans la lumière dorée du matin, Lila ouvre les yeux, et d'une petite voix endormie, avec un regard étonné sur les trois adultes qui petit-déjeunent au pied de son lit, déclare d'une petite voix :

— Maman, j'ai faim !

**FIN**

Retrouvez ses autres ouvrages sur son blog : sarahloup.fr

10261269R00120

Printed in Germany
by Amazon Distribution
GmbH, Leipzig